夜刑事《ヨルデカ》

大沢在昌
ARIMASA OSAWA

水鈴社

夜刑事《ヨルデカ》

装画：雪下まゆ　　装丁：bookwall

1

セットしておいたアラームが鳴る前に目が覚めた。十分眠ったからではない。予感が目覚めさせたのだ。

昔は予感なんて、自分のものだろうと他人のものだろうと信じたことはなかった。今は、自分の予感だけは信じている。

携帯が振動した。予感が当たった。

前川課長からだった。

「はい」

耳にあて時計を見た。午後四時十八分。アラームは四時半にセットしてある。

「起きていたか?」

「ええ」

たった今、とはいわずにおいた。

「十七時に迎えがいく」

課長はいった。

「迎え？」

「暴対の岩井と松谷だ。上野を見たがっている」

俺は黙った。俺の所属は、警視庁組織犯罪対策部国際犯罪対策課だ。三年前に移ってきた。それまでは公安部公安総務課に所属していた。

感染し、半年の療養期間を経て組対部に異動になった。通常の業務に耐えられないと診断された俺には、退職するか異動をうけいれるかの二択しかなかった。

昼間の勤務が不可能な体になり、俺は退職するしかないとあきらめていた。その俺を、この課長が拾ったのだ。

感染した犯罪者の対応には、感染した警察官が必要になる。そう考えたのだという。

俺に是非はなかった。生きていくため、俺を感染させた明林《めいりん》を捜すため、俺は異動にしたがった。

「二人ともマル暴のベテランだ」

課長がつけ加えた。俺が心配していると思ったのだろう。

「知っています」

岩井は暴力団対策課の班長で、柔道四段の猛者《もさ》だ。松谷は大学ラグビーの元フォワードで冷蔵庫のような体つきをしている。

「上野にいくのは嫌か」

「嫌なのではありませんが、二人は入った経験があるのですか」

「手前まではあるらしい。奥はないといっていた。それで君に案内を頼んできた」

「わかりました」

俺は答えた。

「無理はしなくていい。奥がどうなっているのか知っているのは、君だけだ」

「はい」

「着いたら君の携帯に連絡がいく」

告げて、課長は電話を切った。

ベッドをでた俺は身支度を整えた。ゼリータイプの栄養補給剤を冷蔵庫からだし、飲む。

感染してから食に興味がなくなった。味に敏感になりすぎ、素材や調味料、料理したキッチンの匂いまでをも感じてしまう。つまり何を食べているのか、わからなくなる。何を食べても、味の濃さに吐きけを覚えるようになった。

皮ジャケットの下に、支給品のシグ230を腰に留めた。特殊警棒も装備すると、それなりの重さになるが、上野に丸腰ではいきたくない。まして俺は感染者だ。感染者の犯罪者にとって感染者のデコスケは、いの一番にぶち殺したい存在だ。

岩井と松谷の二人も武装してくることを俺は願った。ベテランのマル暴の中には、丸腰で極道に立ち向かうのを信条としている者がいる。

確かに警察官に銃や刃物を向ける極道はそういない。向ければ、自分だけでなく組全体に累を及ぼす。

が、急速に外国人との混合が進んだ最近の犯罪組織はちがう。日本でデコスケのひとりふたりを殺しても、逃げる国はいくらでもあるし、拾ってくれる組織も多い。暴排条例で食いつめた極道が、今では世界中に散り、その土地土地で、日本で培った知識や技術を役立てている。極道といえば低学歴で外国語が苦手だというのも昔の話で、英語はもちろん、中国語、ロシア語、ペルシャ語を操る極道すらいる時代だ。

かつては、日本の極道は外国では生きていけないとされていた。だから警察に逆らわず、手配されれば出頭して、懲役《つとめ》を果たした。

丸腰を信条にするマル暴刑事《デカ》は、そういった過去のイメージから抜けでていない。

中国語を話せた俺は、公安部時代、中国に何度も渡航し、とんでもない辺境地域にまで日本の極道がいるのを目にした。

極道が国際化したのは、まぎれもなく日本の法令のせいだ。日本国内で生活する最低の権利さえ奪われた極道は、海外にでる他なかった。

それは感染を広げるきっかけにもなった。

携帯が鳴った。登録のない番号からだ。

「はい」

「岩井という。この番号を前川さんから教わった」

太い声が告げた。

「岬田《さきた》です」

俺は名乗った。

「あんたのマンションの前に車を止めている。仕度ができたら降りてきてくれ」

岩井はいった。

「了解です」

答えたが、俺は降りてはいかない。上がるだけだ。

部屋をでて階段を上がった。ひとつ上の階は地下二階で、マンションのトランクルームになっている。五十階だてのタワーマンションには約二千戸が入っている。その二千戸ぶんのトランクルームが地下二階にはある。

地下一階と一階の一部が駐車場だ。地下三階には専用階段でしか下りられない。

専用階段の扉を俺は開いた。トランクルームの最奥部にある、この扉のカードキィをもつのはこのマンションの管理会社の従業員と俺だけだ。

地下三階には機械室と俺の部屋がある。もとは管理員の休憩所として作られたらしいが、陰気だという理由で使われなくなり、日光がまったく入らない住居を捜していた俺に提供されることになった。警視庁警備部のＯＢが、管理会社に何人も天下りしていたことが幸いした。

専用階段の扉は、並んでいるトランクルームの扉と同じ色に塗られているので、そこからでてくるのを上の住人に見られても、トランクルームを使っていたと思われるだけだ。

地下二階からはエレベータで一階に上がる。

マンションのエントランスホールの前には広い車寄せがあり、その向こうは隅田川だ。

岩井の車はすぐにわかった。高級車に乗る住人が多いマンションの車寄せにあって、グレイの地味な国産車はかえって目立つ。

運転席には窮屈そうに大男がすわっていて、助手席の坊主頭が俺に気づくと小さく頷《うなず》いた。日がすっかり暮れていることを確かめ、俺はエントランスホールから進みでた。十二月初めのこの時期、東京の日没は十六時三十分前後だ。

感染してからは、日の出と日の入りの時刻を毎日確かめる習慣が身についた。紫外線アレルギーは命にまではかかわらないが、顔や手など露出している肌にひどい火脹《ひぶく》れを起こす。

坊主頭が示した後部座席のドアを俺は開いた。

「岬田です」

「岩井だ」

坊主頭がいった。

「松谷だ。いいとこ住んでんじゃねえか。何階なんだ？　見晴らしはいいのか」

ハンドルに手をかけ、フロントガラスごしにマンションを見上げて大男がいった。

「地下三階です」

答えると、二人は俺をふりかえった。

「地下？」

あきれたように松谷が訊き返した。その目を見て、

「太陽の光が駄目なんで」

と俺は答えた。

「話では聞いたことがあるが、本当に駄目なのか」

岩井が訊ねた。

「アレルギーを起こします。それと直射日光の下では視力を失います」

俺は答えた。ホワイトアウトのような状態になり、ほとんど見えなくなる。

「そりゃ大変だ。公安《ハム》にいたって聞いたが？」

松谷が訊ねた。

「公安総務にいました。それより――」

俺は話題をかえた。

「拳銃は着装しておられますか」

「俺はもってきた。班長は――」

答えて松谷は岩井を見た。

「特殊警棒だけだ。今日は店の中を案内してもらえればそれでいい。トラブルになる可能性でもあるのか」

「手前側の店は問題ありません。が、奥に入るとなると、トラブルしかありません」

俺は答えた。

「トラブルしかない？　どういう意味だ」

「上野の店は、手前と奥のふたつに分かれています。手前側が『常夜《トコヨ》』、常に夜という名のバーです」

「『トコヨ』はちらっと入ったことがある。多少問題のありそうな客もいたが、たいしたことはなかった。いきたいのは、その奥にあるという、会員制の店だ」

岩井はいった。

「奥の店は『常闇《トコヤミ》』。名前のとおり、まっ暗です。従業員も客も、感染者が大半です」

「そこを見たい。我々が捜しているのは増山圭三《ますやまけいぞう》。藤和《とうわ》連合に所属していたマルBで、三ヵ月ほど前に感染した。増山は、藤和連合の金庫番のボディガードだったが、感染を理由に組を破門になった。増山をおさえれば、藤和連合の金の流れを解明できるかもしれん」

「その増山が『トコヤミ』に出入りしているという情報があった」

松谷がいった。

「感染したての人間は、先の生活に不安を感じます。これからどう生きたらいいのか、助言をくれるのは感染者だけです」

俺が答えると、二人はわずかの間、黙った。

やがて、

「あんたもそうだったのか」

松谷が訊ねた。

「そうです。私が感染した当時は、まだ日本に感染者は少なく、症状を知る医者すらいませんでした。研究している医療機関が中国にはあるということですが、そこで治ったという話は聞いていません。そうした情報を求めて、私が『トコヤミ』に通ったのは、今から三年半前です」

「警察官だという身分は隠したのか」

訊ねた岩井に頷いた。

「隠しました。『トコヤミ』の客は大半が感染者で、多かれ少なかれ犯罪にかかわっている人間ばかりですから」

「最初は中国ででたって聞いたが？」

松谷がいった。

「ベトナムやタイという説もあり、本当のところはわかりません。ただゴールデントライアングルに本拠をおく麻薬組織の構成員に感染者が生じたせいで、取引のある犯罪者に広がりました。日本にもその流れで入ってきました」

「あんたは中国でもらったのか」

「日本です。注射で感染しました」

「注射？」

「ウイルスを注射されたんです」

松谷は身じろぎした。

「感染力は低い、と聞いたぞ」

「飛沫感染はしません。血液や唾液などの体液が直接血管に入らない限り、ウイルスは生きられないので」

「自分の血を塗ったヤッパで切りつけるって話があるが」

俺は首をふった。

「出血した直後ならともかく、あらかじめ塗っておいた血液ではウイルスは死滅しています」

「女の感染者はいないってのは本当か」

訊き始めたら好奇心がおさえられなくなったようだ。俺は答えてやることにした。

「少ないのは事実ですが、いないわけではありません。通常の性行為では感染しませんが、まれにうつることもあるようです」

「血を吸うわけじゃないのだろう」

俺は笑った。そんな噂をマル暴のベテランが口にするとはお笑いだ。

「血なんか吸いませんよ。ただ視覚や聴覚に加え、味覚や嗅覚が過敏になるので、ふつうに売られている食べものだと、味を濃く感じすぎてうけつけなくなるんです」

血を吸うという噂がたった理由はわかっている。病原体が「ヴァンパイアウイルス」と命名されたからだ。そう命名された理由は、感染すると厳しい紫外線アレルギーを発症するところからきている。

命名したのはタイの学者だという。

「じゃ、何を食べて生きているんだ」

岩井が訊いた。

「ゼリータイプの栄養補給剤です。それも無味無臭のものです。化学調味料や合成甘味料が入っているものは、吐きけをもよおすので」

「すると飲むのは水だけか」

俺は頷いた。

「酒はどうなんだ?」

「混ぜもののないウイスキーや焼酎は飲めます。ワインは酸化防止剤がアウトです。酸化防止剤が無添加のシャンペンは大丈夫ですが」

「高くつくな」

「『トコヤミ』では、主にシャンペンが飲まれています」

「感染者じゃない客も『トコヤミ』にはいるのか？」

「います。会員制とうたっていますが、感染者が連れてくれば、入ることはできますから。ただ中はまっ暗です」

「まっ暗？」

「体育館にロウソク一本といったていどの明るさです。感染者にはそれで十分ですから」

二人のマル暴は顔を見合わせた。

「それで増山がわかりますかね」

松谷がいった。

「増山の写真はありますか」

俺は訊ねた。岩井が携帯をとりだし、操作すると画面を俺に向けた。

細面《ほそおもて》で眉が薄く、見るからに危なそうな顔つきをしている。髪の生え際が深くV字に剃りこまれていた。

「去年の写真だ。今はかわっているかもしれん」

「いれば、私が見分けます。ただこのメンツでいくと、すぐに警察官だとバレるでしょう」

「バレたらどうなる？」

「その場の客にどんな奴がいるかしだいでしょうね。この増山は、追われているのを自覚しているのですか」

「逮捕状《フダ》はでていない」

「すると任意同行《ニンドウ》ですか」

二人は黙った。何かカラクリがあるようだ。

「増山に協力させる材料があるんですね」

俺はいった。それには答えず、

「とにかく『トコヤミ』に案内してくれ」

岩井はいった。

2

表の看板は「BAR TOKOYO」。その下に漢字で「常夜」と書かれている。上野といっても飲み屋街のある上野二丁目や湯島の界隈ではなく、池之端《いけのはた》の東大附属病院の敷地とほぼ背中合わせの一角にある。かつては老舗の中国料理店だった建物を改装して作られたのだ。

台東区と文京区の区境に面していて、上野署と本富士《もとふじ》署の管轄区域の境目にもあたる。「トコヤミ」の床下には、東大附属病院とつながる地下通路があるらしい。それは店のオーナーが東大附属病院の医者だという噂から生まれた伝説だ。

実際、「トコヨ」「トコヤミ」を作ったのは、常炳徳《じょうへいとく》という、東大附属病院にいた中国人の医師だった。医師でもあるが、商才にも長《た》けていて、店の名に自分の姓を使った。

なぜ俺が知っているかというと、常の治療をうけていたからだ。情報を求め「トコヤミ」に通った俺は常と知り合い、その助言を得ることができた。常は上海の出身で、すでに中国で広がり始めていたヴァンパイアウイルスの感染者を診察した経験があった。

「常先生がいなかったら、もっと苦労したと思います」

上野に向かう道すがら、俺は二人に説明した。

「恩人てわけだな。その先生には、今もかかっているのか」

岩井は訊ねた。

「二年ほど前に亡くなりました。自殺、ということになっています」

俺は答えた。

「自殺？　なぜだ」

「理由は不明です。住んでいた小石川のマンションで、致死量の筋弛緩剤を注射した死体が発見されました。遺書はなく、事件の可能性も疑われる状況でしたが、大塚署は自殺と断定しました。その後、店の権利は別の中国人経営者に渡りました」

岩井がふりかえり、俺を見た。

「その経営者を調べたか？」

「李《りー》錫竜《しりゅう》と名乗っている、五十四歳の感染者です。本名かどうかはわからず、その名前での犯罪歴はありません。常先生が亡くなってから、私は『トコヤミ』にはいっていません」

「なるほど」

松谷が店に近いコインパーキングを見つけ、車を止めた。

「私の仕事を知っていたのは常先生だけでした。ですがこの三人でいけば、『トコヤミ』にいる連中には正体を気づかれると思います」

車を降り、歩きだすと俺はいった。

「増山を確認したら店をでる。外で増山を待ち、同行を求める」

岩井がいった。

「抵抗したら？」

「俺たちに任せろ」

「了解です」

「トコヨ」の入口は、一見アイリッシュパブ風で、格子ガラスから店内が見える。入って左手のカウンターには十の椅子があり、右手には八のテーブル席があって、ざっと五十人がすわれる勘定だ。加えて、立ち呑み用の樽もおかれていて、混む日にはもっと多くの客が入る。

時間が早いこともあり、「トコヨ」は空いていた。カウンターには、最近増えてきたミャンマー人の娼婦がかたまってすわっている。「トコヨ」のバーテンダーに日本人はいない。中国人とベトナム人だ。

客も大半は外国人だった。バーなのに、ハラルフードを扱っているので、パキスタン人やイラン人の客もいる。日本人はせいぜい二割というところだ。

「まずここで一杯やってから、奥に移動します」

俺は二人に告げた。日本人三人がいきなり奥に入ろうとすれば怪しまれる。

「わかった」

岩井はいって、奥に近いテーブル席を選んだ。カウンターにすわっていた超ミニスカートの女が寄ってきた。きつい香水が匂った。

「何、飲みますか」

カタコトの日本語で訊ねた。

「ビール」

岩井が答えた。

「俺もビールを」

いって松谷が俺を見た。

「スコッチのストレート」

答えると、女が微笑んだ。

「あなた、強いね。ワタシも一杯もらっていいですか」

腕にびっしりとタトゥーが入っている。松谷が見入った。女は作り笑いを浮かべた。

「恥ずかしいよ。あまり見ないで」

「ビールを奢《おご》る。だが、仕事の話をするから、向こうで飲んでくれ」

俺はいった。

「オッケイ。わたしと話したくなったら、声かけて」

女が遠ざかると、

「ウエイトレスなのか」

松谷が小声で訊ねた。

「いえ。客になるか探りを入れてきたのだと思います。お巡りかどうかも」

「バレたか」

「微妙ですね。刈り込みだと思ったら逃げるでしょう」

女がビールとウイスキーのグラスを運んできた。

「わたし、ビールをあっちで飲む。友だちも飲んでいい？」

カウンターにはあと二人、女がすわっている。

俺は一万円札をだした。

「払った残りは使っていい」

女に渡した。女はにっこり笑った。

「気前のいい人、好きよ。レシート、要《い》る？」

俺は首をふった。女の笑みが大きくなった。

「わたし、ジャネ。覚えておいて」

女が遠ざかると、俺たちは乾杯した。ナッツを盛った皿を中国人のバーテンダーがテーブルに届けにきた。

「お客サンにお釣りもらったといっています」

目でカウンターを示し、いった。

「是《シー》」

俺はそうだと中国語で答えた。

バーテンダーは小さく頷き、離れていった。

「奥にはどうやっていくんだ?」

ナッツを口に入れ、岩井が訊ねた。

「トイレの奥の扉を抜けた先の通路に、メンバー専用の入口があります。俺が先にいきますから、二、三分待って追いかけて下さい」

俺はいって、立ち上がった。

岩井は松谷を見やり、二人は頷いた。

「トコヤミ」には二年以上いってなかったが、「トコヨ」には二ヵ月ほど前にきている。明林を捜すためだ。

明林と俺は結婚を考えるほど惚れ合っていた。少なくとも俺はそう信じていた。が、呉《ご》明林は、俺にヴァンパイアウイルスを注射し、姿を消した。中国に帰れない事情が明林にはある。まだ日本にいると考え、俺は明林を捜していた。

捜す理由は、なぜそんな真似をしたのかを知るためだ。俺と別れたかったのなら姿を消すだけですんだ。憎んでいたのなら殺せばよかった。チャンスはいくらでもあった筈だ。

男子トイレに入った。並んだ個室のつきあたりに「PRIVATE」と書かれた扉がある。

トイレを使っている者がいないことを確認し、俺は腰からシグ230を抜いた。遊底《ゆうてい》を引き薬室に初弾を装填して、安全装置をかけると腰に戻した。

「PRIVATE」と記された扉を押した。明りのない通路が右手にのびている。扉を閉めると、通路はまっ暗になった。

目が慣れるのを待った。瞳孔が広がり、あたりが見えるようになった。

個人差があるらしいが、感染者は暗闇でも視界を確保できる。同様に、遠く離れた物音を聞きとることも可能だ。ただし都会には常に騒音があるため、特定の音や会話だけを聞くには慣れが必要だ。

感染した当初は、どこにいても聞こえる車のエンジン音やエレベータやエアコンの機械音、人の話し声に苦しめられた。

俺はあたりの匂いを嗅いだ。通路に人の姿はなく、気になる匂いもしない。血と火薬の匂いがするときは要注意だ。犯罪者が近くにいる。

通路のつきあたりに、分厚いスティールの扉があって、そこが「トコヤミ」の入口だった。

背後の、トイレとつながった扉が開いた。ビールの匂いをさせながら岩井と松谷が現われた。

「まっ暗だ」

「わっ、何も見えないぞ」

「静かに」

俺は小声でいった。松谷がのけぞった。

「そこにいたのか」

「扉を閉めて下さい」

「閉めたらまっ暗だ」

「ずっと開けたままだと警報が鳴ります」

「マジか」

松谷はいって扉を閉めた。携帯をとりだし、あたりを照らす。

その光に俺は顔をそむけた。

「そいつを消して、俺のあとをついてきて下さい」

「いや、消しちまったら、あんたがどこにいるのかもわからない」

「じゃあポケットにでも入れて。『トコヤミ』はこの先です」

「あんたには見えているのか」

岩井は低い声で訊ねた。

「この先にいるのは、見えている奴ばかりです」

「そうか。松谷――」

岩井がいうと、松谷は頷き、スラックスのポケットに携帯を入れた。洩れる光を頼りに、俺のあとをついてくる。

つきあたりの扉には、筆文字で黒く、「常闇」と書かれている。常先生の字だ。

俺は扉を押した。

一ルクスあるかどうかという光に満たされた空間が広がっていた。常人にはものの輪郭が見てとれるかどうかの明るさでしかない。

中央に円形のカウンターがあり、中に二人のバーテンダーが立っている。そのカウンターを囲むように、間隔をあけてソファが配されていた。

カウンターには大きな銅製のアイスバケットがおかれ、シャンペンのボトルが何本か刺さっていた。

「いらっしゃいませ」

バーテンダーのひとりがいい、俺は軽く手を上げた。客は五人いるだけだ。見知った顔はない。

「シャンペンでよろしいですか」

俺がカウンターに近づくとバーテンダーは訊ねた。わずかに中国訛《なまり》がある。

「三つ」

俺はいった。バーテンダーは、おそるおそる近よってくる岩井と松谷を見ている。

「ビジターの方ですね」

「二人はそうだ」

俺は答えた。バーテンダーはアイスバケットに並んでいるボトルを示した。

「何にします？　モエ、クリュッグ、ローラン・ペリエ」

「モエでいい」

「白？」

俺は頷いた。ここでは一番安い飲物だ。

バーテンダーはグラスを並べ、シャンペンを注いだ。会計は「トコヨ」でまとめて払うシステムになっている。

「気をつけて」

バーテンダーが嘲《あざけ》るようにいった。手をのばした岩井がグラスを倒しそうになったのだ。俺はグラスをとり、二人に渡してやった。

「すわりましょう。あいている席に案内します」

ささやくようなボリュームでジャズが流れている。雰囲気作りというより、他の客の会話を聞きづらくするためだ。

俺は店全体が見渡せる位置のソファに二人を案内した。

「聞きしにまさるな。何も見えない」

岩井が小声でいった。

「こっちの会話は丸聞こえです。気をつけて」

二人をすわらせると、俺はささやいた。二人は緊張した顔になった。

「対象者はここにいるか？」

岩井が訊ねた。俺は首をふりかけ、二人に見えない可能性も考えて、

「いません」

と答えた。

ひと組の客はカップルで、男が隣にすわる女の体をまさぐっている。女は周囲には見えていないと信じているのか、下着を膝近くまでおろし、息を喘《あえ》がせていた。

あとのひと組は三人で、顔をつきあわせながら、ぼそぼそとベトナム語で喋っていた。

岩井と松谷はずっとシャンペングラスを手にしていた。ソファの前にテーブルがあるが、グラスをおくと、どこにおいたのかわからなくなるのだろう。

「俺がとりにいきますからお代わりをして下さい。一杯で粘ると怪しまれます」

俺は小声でいった。岩井と松谷は息を吐き、シャンペンを空けた。三つの空のグラスを手に、

俺はカウンターに近づいた。

「お代わりを」

俺は最初に酒を注いだのではないバーテンダーに告げた。

「かしこまりました」

バーテンダーは頷き、モエのボトルをとりあげた。こちらは日本人のようだ。

扉が開いた。男がひとり入ってきた。耳全体をおおうヘッドホンとサングラスをつけている。

新米の感染者だ。感染したばかりだと、日常の騒音に耳が慣れるまで半年近くかかる。その間は、家の中にいてもノイズキャンセル機能のあるヘッドホンを手放せない。

男は店の中を見回すと、まっすぐ俺のかたわらにきた。ヘッドホンとサングラスを外し、バーテンダーをにらむ。目の下の隈《くま》と薄い眉があらわになった。写真よりさらに剣呑さが増している。

「李《リー》さんはいつくる？」

「社長がみえるのは八時過ぎですね」

バーテンダーは男を恐れるようすもなく答えた。

「八時ぃ」

いって男は腕時計を見た。舌打ちする。俺は男の服装を観察した。ノーネクタイでスーツを着ているが、ジャケットのサイズが大きい。

これも新米感染者の特徴だ。今まで食べていたものを受けつけられなくなり、大きく体重を落とす。それで死ぬ者もいる。

「李さんと連絡がとれるか?」

バーテンダーは無言で首をふった。俺はシャンペンが満たされたグラスを二つ手にして、岩井たちのところに戻った。三つ運ばなかったのは、もう一度カウンターに戻るためだ。

「きました」

グラスを二人に手渡しながら俺はいった。

「どこに?」

「今はカウンターの前にいてバーテンと話しています」

松谷が腰を浮かせた。カウンターの方角に目をこらしていたが、

「駄目だ。見えない」

とつぶやいた。

「『トコヨ』にいて下さい」

俺がいうと、岩井は頷いた。

「わかった」

俺はカウンターに戻った。自分のグラスを手にとる。

岩井と松谷がへっぴり腰で「トコヤミ」をでていくのをバーテンダーが目で追った。

「お連れさまはお帰りですか」

「ああ。好奇心できてみたが、何も見えないのでつまらないとさ」

俺はいってシャンペンをひと口飲んだ。

「お代はお客さまでよろしいですか」

「俺が払う」

増山が俺を見た。

「感染したてで苦労してるだろう」

俺はいった。

「なんだと」

増山がいった。俺は肩をすくめた。

「初めは皆、同じ苦労をする。うるさくて眠れない。食いものを受けつけない。顔や手は火傷だらけになる」

増山は俺を見つめた。

「あんたのいう通りだよ。たいがいのことには驚かない生きかたをしてきたが、こいつには参った」

「じたばたしても始まらない。慣れれば不便ばかりでもないぞ」

俺はいった。お互い感染する前だったら、決して口をきくことはなかったろう。増山はひと目で俺を刑事だと見抜き、近づかなかった筈だ。

感染したことで増山の世界はかわった。極道かカタギかで線引きしていた人間関係が、感染者かそうでないかになったのだ。

「あんた、長いのか」

「じき四年だ」

バーテンダーがほうという顔で俺を見直した。

「そいつは長いな」

「日本人じゃ古いほうだろうな」

「ここの李社長を知ってるか」

「いや。先代の社長には世話になったが」

答えて俺はバーテンダーを見た。

「常《じょう》先生を知ってるか」

「いえ」

バーテンダーは首をふった。

「私がここに入ったのは一年前です」

「誰だ、常先生って」

「ここの初代オーナーだ」

「そうなのか」

増山はバーテンダーを見た。

「そう聞いています」

「常先生は医者だった。感染者が助け合えるようにと、この店を作った」

俺はいった。

「立派じゃないか」

「ああ。立派な人だった」

「だった?」

「亡くなった。亡くなって、李社長がここを買いとったと聞いている」

そのとき、増山の懐《ふところ》で携帯が音をたてた。バイブだったが、店じゅうの人間が増山を見た。

増山はひっぱりだし、耳に当てた。さすがに画面は光らない設定になっている。

「はい」

カウンターから離れ、人のいない店の隅に移動した。ここで話せば相手の声も俺に丸聞こえになるからだ。

「お客さん、詳しいんですね」

バーテンダーがいった。

「昔は常先生に会いに、よくここにきた」

電話を終えた増山がカウンターに戻ってきた。

「酒をくれ。シングルモルトだ」

増山はラガヴーリンのボトルをさした。

「ダブルのストレート」

バーテンダーがグラスに注ぐと、一気に飲み干し息を吐いた。

「お代わり」

バーテンダーは無言でグラスにアイラモルトを注いだ。

今度は一気飲みせず、ちびちび飲みながら、増山は店内を見回した。カップルは再びいちゃつき始めている。ベトナム人は内緒話に余念がない。

「帰るよ」

俺はバーテンダーに告げた。増山は俺を見もしなかった。何かよほど気になることが起きたようだ。

「ありがとうございました」

「トコヤミ」をでると、通路でサングラスをかけた。暗闇の通路から「トコヨ」に入ると、まぶしくて一瞬見えなくなるからだ。

トイレを抜け、「トコヨ」の店内に入った。

わずかのあいだに店は混み始めていた。岩井と松谷は出入口に近い立ち呑み席にいる。俺はレジで「トコヤミ」の支払いをすませ、二人に歩みよった。

「奴はまだ奥か」

岩井が訊ねた。目が店の明るさに慣れ、俺はサングラスを外した。

「います。ここのオーナーを訪ねてきたようですが、約束をしていなかったらしく、いつくるかを気にしていました」

「オーナーはマルBとつながっているのか」

松谷がいった。

「マルBだけじゃありません。感染者がでているような外国人組織なら、どこともつながっています」

「外国人犯罪者に感染者が多いというのは本当なんだな」

「麻薬の流通ルートにのって感染が広がったと聞いています」

「だが今は日本人犯罪者にも感染者はいる」

岩井が俺を見つめた。

「います。これからはカタギにも広まっていくでしょう」

世界保健機関《WHO》は、二年以内にパンデミックが発生すると予測し、ワクチンの開発を急いでいた。だがワクチンができても、感染者の治療にはつながらない。現状では、ヴァンパイアウイルスに感染すると、治療は不可能とされている。命まで失うことはめったにないが、感染者は一生、日陰で暮らすのを余儀なくされる。

「トコヨ」の扉が開いた。見かけないタイプの客がひとりで入ってきた。スーツにネクタイをしめ、眼鏡をかけている。初めてきたのか、落ちつかないようすで店内を見回した。

カモと見て、ジャネが近づき男の腕をとった。

「イラッシャイマセ。お客さん、カウンター、空いてるよ」

男は当惑したようすだったが、拒否することなくカウンターに腰をおろした。

「ビールを下さい」

バーテンダーに告げるのが聞こえた。

「わたしたちも一杯、ごチソウになっていいデスか」

「え？　ああ、どうぞ」

「コークハイ」

「わたしも」

ジャネとその連れが嬉しそうにいった。かすかだが、男の顔に俺は見覚えがあった。どこで会ったのかを思いだそうとしていると、

「あいつか」

松谷がいった。奥のトイレの扉の近くに増山の姿があった。ヘッドホンとサングラスをつけている。

「奴です」

俺は答えた。

「我々は先に出て、外で奴を確保する。君は奴のうしろからきてくれ」

岩井がいって松谷をうながした。二人は足早に「トコヨ」をでていった。

増山は店の中央で立ち止まった。テーブル席を見やり、次にカウンターに目を向けた。入ってきたばかりの、ジャネたちのカモで目が止まった。ジャケットから携帯をとりだし、操作する。

何の動作か、俺にはわかった。顔を確認したのだ。

増山は携帯を手にしたままカウンターに近づいた。

「原さんだな」

さわがしい店の中でも、増山がいうのが聞こえた。それを聞いて俺は思いだした。中国で、あの男に俺は会っている。原は外務省の下級官僚で、雲南省の首都昆明《こんめい》に新設された領事館にいた。

原が顔を上げ、頷いた。増山は携帯を後ろにしまうと、かわりに拳銃を抜いた。

原の目が広がった。バン、バンと二発の銃声が轟《とどろ》き、原はすわっていた椅子から転げ落ちた。ジャネと連れが悲鳴を上げた。

「増山！」

俺は叫んだ。増山が銃を抜いたときに、俺も拳銃に手をかけていた。

出入口に走りかけた増山が立ち止まり、俺を見た。手には拳銃を握ったままだ。

「捨てろ！」

俺はシグを増山に向け、いった。増山が銃をもち上げた。俺は撃った。腕に反動がきて、増山はよろめいた。シグは七・六五ミリ口径、インチ法だと三十二口径で、ニューナンブより小さい弾丸を使っている。

組対にきてから、射撃の訓練を積んだし、人を撃つのもこれが初めてじゃなかった。

増山がいきなり手にした拳銃を口にさしこんだ。

「よせっ」

叫んだが遅かった。くぐもった銃声とともに増山の髪が逆立った。頭頂部が爆《は》ぜて、あたりに血やそれ以外のものがとび散った。

3

現場検証が進むのを、俺は「トコヨ」の隅で見守っていた。

検証には前川課長もきた。「トコヨ」には、死んだ原と増山を除けば、警察官しかいない。が、奥の「トコヤミ」に警察官はひとりも向かっていなかった。事件は「トコヨ」で起きたのだし、「トコヤミ」には感染者しかいないと考え、防護服なしでは足を踏み入れようとしないのだ。

ヴァンパイアウイルスに感染するのは犯罪者だという迷信が、警察官にはある。それを信じているのは日本人だけではない。

増山が組を破門になったのも、感染に対する偏見が理由だ。極道ですら嫌う感染者を、警察官が忌避《きひ》しない筈はなかった。

鑑識係と話していた前川課長が俺に歩みよった。顔色の悪い地味な中年男で、初対面で警察官だと気づく者はいないだろう。

「マル害が撃たれるのを見たか」

課長の問いに俺は頷いた。

「『トコヤミ』からでてきた増山は、携帯の画面で確認し『原さんだな』と声をかけました。マル害が頷くと、携帯をしまい、とりだした拳銃で二発撃ちました。そのまま出口に走りかけたので、私は銃を抜き制止しました。増山がこちらに銃を向けようとしたので撃ちました。命中した筈です。ですが増山は倒れずに、拳銃を口にくわえたんです」

「検査がすむまで拳銃を預かる」

課長が手をさしだし、俺はシグをホルスターごと渡した。

「増山の右わき腹に、君が撃ったと思《おぼ》しい銃創があった。店内で発砲したのは問題になるかもしれない。逃走を阻止するためとはいえ、他の客を巻き添えにする可能性があったわけだからな」

課長はいった。俺は店の反対側に並んですわる岩井と松谷を見た。

「二人に任せればよかったですかね」

「結果は同じことになったろう。逃げられないと踏んだ増山は自殺した」

表情をかえず課長は答え、つづけた。

「増山の携帯を調べたところ、マル害の写真をのぞく、すべての通話記録やメールが削除されていた。復元は難しいらしい」

「増山は『トコヤミ』にいたときに電話で指示をうけたのだと思います」

俺はいって、「トコヤミ」で増山が電話をうけたときのようすを話した。

「それをあの二人も見ていたか」

課長は岩井たちを示して訊ねた。俺は首をふった。

「そのときはもう『トコヤミ』をでていました。いたとしても、暗くて見えなかったと思います」

課長は小さく頷いた。俺は小声でいった。

「俺はマル害に会ったことがあります。今から約六年前です。中国雲南省の日本領事館にいました」

「その話はここでするな。君の事情聴取は、暴対ではなく、明日、私がする」

課長は小声で答え、俺は頷いた。

通常、殺人の捜査は刑事部捜査一課が担当するが、暴力団員によるものとはっきりしている場合は、関係者に詳しい組織犯罪対策部の暴力団対策課が担当することが多い。岩井と松谷のいる部署だ。

「暴対は君を疑っている」

「疑っている？」

俺は訊き返した。

「増山に二人が張っていることを知らせたのじゃないかとな。それで自暴自棄になった増山はマル害を撃ち、自殺した」

課長は小声でいった。

「増山がマル害を撃った動機は何です？」

「そんなものはいくらでもこじつけられる。もともとトラブルがあって、話し合うために『トコヨ』に呼び出したとか」

「だったら携帯の写真で確認はしないでしょう。知り合いなのだから」

「それを見たのは君だけだ。客の大半は逃げたし、従業員は何も見ていないといっている」

「増山の携帯は？」

課長はカウンターを示した。シートが広げられ増山の所持品が並べられている。

俺は手袋をはめ、携帯をとりあげた。

「気をつけて。変なところをさわって、証拠を消さないようにして下さい」

近くにいた鑑識係がいった。俺は頷き、携帯を見た。何年か前のモデルで、かなり使いこまれている。触れると、セキュリティコードを求めることなく、すぐ作動した。

妙だった。極道は必ず携帯にセキュリティをかける。万一落として、拾った人間や交番の警察官にメールや予定表を見られては困るからだ。

ましてや組幹部のボディガードをしていた増山が、簡単にスケジュールを知られる愚を犯すとは思えなかった。

自分の携帯をどこかに隠し、連絡のみに使う携帯をもっていたのではないか。

明るくなった携帯の画面には、最後に増山が見た画像が写っていた。どこかの飲み屋の写真だ。原をはさんでミニスカートの女が二人すわっているが、女の顔はトリミングされている。テーブルの上にはクラッシュアイスの入ったブランデーグラスとウイスキーのシーバスリーガルのボトルがのっている。

日本の飲み屋ではない。おそらく中国のクラブだ。クラッシュアイスをたっぷり入れたブランデーグラスでウイスキーを飲むのが、一時期中国のカラオケクラブではやった。カラオケクラブといっても、日本のカラオケボックスとはちがう。ホステスが接客し、話がつけばベッドでのサービスもうけられるような店だ。

原はかなり酔っているらしく、顔がまっ赤で、目の焦点が合ってない。外務官僚が、こんな写真を撮られる時点で、懲戒ものだ。

「何か気づいたか」

課長が俺に歩みより、訊ねた。俺は携帯の写真を見せた。

「マル害は脅迫されていた可能性があります」

課長は写真を見つめた。俺のいいたいことがわかったようだ。

「なるほど。それでこの店に呼びだされたと。増山が撃った理由は？」

「増山はマル害の顔を知りませんでした。殺害は、命じられた結果です」

「命じたのは何者だ?」

「『トコヤミ』に入ってきたとき、増山はオーナーの李を捜しているようすでした。そこに電話がかかってきた。李である可能性は高いと思います」

「李錫竜には暴対があたることになっている」

課長はいった。

「李は感染者です。ひと筋縄ではいきませんよ」

「君はもう帰れ。李のことは暴対に任せろ。明日の夜、カイシャで話を聞く」

「了解しました」

俺は頷き、「トコヨ」の出入口に向かった。

「岬田」

岩井が呼び止めた。険しい顔だった。

「はい」

「我々がでていったあと、増山と何か話したか」

「ひと言ふた言」

「何を話した?」

「感染したてで苦労しているだろう、といいました。増山は『たいがいのことには驚かない生きかたをしてきたが、こいつには参った』と答えました」

「そのとき、あんたの正体を見抜いたのじゃないか」

「どうでしょう。増山にとって、俺が刑事かそうでないかはさほど重要ではなかったと思います」

「じゃあ何が重要だったんだ？」

「俺が感染者だ、ということです」

「感染者なら、警察官だと思わない、という意味か」

松谷が訊ねた。

「それはあります。感染者というだけで、ある種のシンパシーを感じる」

「あんたもそうか」

「そう、とは？」

「相手が犯罪者でも、感染者だったらシンパシーを感じるのか」

「それはありません」

「どうしてだ？」

俺は大きく息を吸いこんだ。

「ヴァンパイアウイルスの感染者は犯罪者ばかりだ、と多くの人間が考えていて、実際、国を問わず感染者の大半は組織犯罪にかかわる者たちです。そういう連中が一番嫌うお巡りはどんな奴だと思います？」

岩井と松谷は顔を見合わせた。

「犯罪者にとって、感染はマイナスばかりではありません。暗闇でも目がきき、遠くのサイレンが聞きとれ、刑事の匂いを嗅ぎ分けられる。どこの国でも感染者の検挙率が低いのは、感染したことで起こる症状を活用しているからです。もしお巡りの中に、自分たちと同じ症状をもつ者がいるとしたら、どう考えますかね」

二人は黙っていた。やがて岩井がいった。

「なるほど。あんたのことを感染者の犯罪者は、ただのお巡り以上に敵視する、と」

「殺したいと考えている奴は、すでに何人もいると思います」

俺は頷いた。

「そうならないために、そいつらと手を組もうと考えたのじゃないか」

松谷が俺の顔をのぞきこんだ。

「松谷」

岩井が止めた。

「岬田さんよ、申しわけないが俺はあんたを信用できない。あんたは注射で感染させられたといったが、それが本当か、俺には確かめようがない」

松谷は俺をにらみながらいった。過去何度も同じことをいわれた。俺が悪徳警察官だから感染したのじゃないか、中国公安部の刑事にもいわれたことがある。

俺は松谷を見返した。

「増山が自分を撃ったとき、あんたがもしこの店にいて、奴の血や脳味噌をかぶったら、運が悪ければ感染する。感染者は全部犯罪者だという偏見は捨てたほうがいい」

松谷は無言だった。実際は血を浴びたくらいでは感染しない。浴びた場所に傷があれば別だが。

「俺は感染者に偏見をもっているわけじゃない。あんたを疑っているんだ」

松谷は俺の目を見ていった。

「それを偏見というんだよ」

俺はいって「トコヨ」をでていった。

4

まっすぐ帰る気にはなれなかった。時刻は十時過ぎで、夜明けまでまだ時間がある。

俺は湯島の飲み屋街まで歩くと、地下にあるバーに入った。

「クロウ（烏）」という名の店だ。「トコヤミ」に通っていた頃、店が混んでいるときは常先生とここで話した。他の客に、俺が警察官だと知られるのを防ぐためだ。感染者は耳がいい。近くの席で話していたら、正体を察知される。

「クロウ」は常連客の大半が飲食店従業員で、混みだすのは午前一時を過ぎてからだ。早い時間はたいていてい空いている。

雑居ビルの地下二階にあり、ビルには地下に降りるエレベータがない。酔っぱらいにはきつい帰り道になるのも空いている理由で、五席ほどのカウンターに、テーブルがひとつしかない、小さな店だ。

入っていくと、カウンターに男がひとりいるだけだった。葉巻を吸っている。「クロウ」では煙草だけではなく葉巻も吸える。そのせいで感染者はほぼこない。匂いの強い葉巻は、感染者に頭痛をおこさせる。

常先生も俺も葉巻の匂いは苦手だったが、会話の安全を優先した。

葉巻の客とは反対の端に俺は腰かけた。もっともそのていどの距離では、何の防御にもならない。

バーテンダーは鈴木という愛想のない中年男だ。愛想がないだけにお喋りでもない。

グレンフィディックのストレートを注文した。甘口のシングルモルトだ。

一気にあおりたいのをこらえ、ゆっくり飲んだ。「トコヤミ」で電話を終えた増山がラガヴーリンのストレートを一気飲みしたのを思いだした。

あの電話で原を撃つよう指示されたのだと俺は考えていた。断われない相手の指示に、増山はウイスキーを一気飲みした。

問題は道具だ。原と自分を撃つのに使った銃を、増山はいつ手に入れたのか。

「トコヤミ」に現われたときにすでにもっていたという可能性はある。感染したての増山は急激に痩せ、上着はぶかぶかだった。拳銃を呑んでいても、外見からはわからない。

もたずにきたとすれば、「トコヤミ」で入手したことになる。

であれば、誰かが渡したのだ。二人いたバーテンダー、ベトナム人の三人連れ。いちゃついていたカップルは除外していいだろう。

「いらっしゃいませ」

鈴木がいい、俺は顔を上げた。女がひとり「クロウ」に入ってきて、俺の横に腰をおろした。

短めのタイトスカートに、ハイネックのセーター、皮のジャケットを着けている。

香水じゃなくボディローションの香りで俺は気づいた。つい最近、嗅いだ匂いだ。

女の顔を見た。ちょっときつめだが整った顔立ちをしている。髪は肩くらいまでか。

「トコヤミ」にカップルでいた女だ。膝まで下着をおろし、喘いでいた。娼婦だと思っていたが、こうして間近で見ると崩れた雰囲気はない。

「覚えてた？　わたしのこと」

俺を見返した女が訊ねた。ジンリッキーを鈴木に注文した。

「顔はよく見てなかったが、匂いでわかった」

俺は答えた。

「匂い？」

「ボディローションをつけているだろう」

「冬のこの時期、女はたいていつけているし、珍しいブランドじゃない」

「体の匂いと混じって、それぞれちがう匂いになる」

「嫌だ。くさいの？　わたし」

「あんたの匂いは悪くなかった。それにあんな状況じゃ、誰でも汗をかく」

「ほっとした」

女はいって、ジンリッキーをひと口飲んだ。

俺は空になったロックグラスを鈴木に示した。鈴木がお代わりを注いだ。

「相方はどうした？　喧嘩でもしたのか」

「スタンガンで追っぱらった。『トコヤミ』にいくだけのために誘ったのに、ホテルにいこうってうるさいから」

女は平然と答えた。

「どうやって『トコヤミ』をでた?」

「隣のビルから」

「隣のビル?」

「店の奥に階段があって地下に降りたの。地下が隣のビルとつながっていた。そのビルの裏口から外にでたのよ」

知らなかった。「トコヤミ」から地下に降りたことなどなかった。

「他のお客やバーテンと、そうやって『トコヤミ』をでた。『トコヨ』がさわがしくなったときにバーテンが案内してくれた。パトカーがきてたわね。何があったのか教えて」

俺は女を見つめた。見れば見るほど、「トコヤミ」で股間をまさぐられていたのが信じられない。

「何者だ、あんた」

「ただの尻軽女よ。『トコヤミ』でいっしょにいた奴があまりうまくなかったから、相手を乗りかえることにした」

女は表情をかえることなく答えた。

「尻軽女がスタンガンをもち歩くか?」

「これは商売道具」

「そういうプレイに興味はないね」

女はにこりと笑った。その笑顔が少しだけ明林に似ていて、俺はどきりとした。

「じゃ、どんなプレイなら興味あるの？　岬田さん」

俺はグラスに目を戻した。ウイスキーをすする。

「『トコヤミ』で人が撃たれた。撃った奴はその場で自殺した」

「使った銃は何？」

覚えていた。

「リボルバーだ。ありふれた短銃身の三十八口径だと思う。コルトかスミスアンドウェッソン。あるいはそのコピー」

「撃ったのは、『トコヤミ』のカウンターであなたと話していた男？」

「そうだが、あの中であんたには見えたのか」

「瞳孔を広げる目薬をさしてたの。感染者みたいに便利な目はもってないから」

俺は大きく息を吸いこんだ。

「そんな目薬、どこで売ってる？」

「秘密」

「あんたの名前、教えてくれ」

「マコ。真実の子と書くの」

俺は思わず笑った。まるで信用できない名だ。

「おかしい？」

「おかしいね。まだ真実なんてひと言も喋ってないだろう」

「あなたの名前は真実」

「ああ。それだけはあっている。『トコヤミ』にいた理由は何だ？　パンツの奥を見せたかったのか」

マコは横を向いた。

「そういうプレイに興味はないの」

冷ややかな口調で答えた。

「じゃあどういうプレイなら興味があるんだ？」

「『無常鬼《むじょうき》』について知りたい」

俺はすぐには答えなかった。マコはつづけた。「無常鬼」は、中国の伝説に登場する、あの世からの使者、つまり死神のことだ。

「中国語でいえばウーチャングィ」

「『トコヤミ』でそれを口にしたか？」

「まさか。してたら、ここにいられない。ちがう？」

「さあな」

「無常鬼」は、国籍も年齢もばらばらの、感染者ばかりで構成された集団だ。日本、中国、ベトナム、ミャンマー、台湾、最近ではアメリカやメキシコのメンバーも加入しているという噂がある。実態はまだ把握されておらず、俺はその内偵を前川課長から命じられていた。

「俺は何も知らない」

「でも知りたい。ちがう?」

俺は天井を見た。

「どこの人間だ?」

「どこの人間でもいいでしょ。お互い協力しない?」

「俺の名前を知っているのなら、仕事も知っているのだろう。部外者と簡単には仲よくできないんだ」

「あなたは特別扱いの筈よ。警視庁唯一の感染者なのだから」

俺はウイスキーを飲んだ。

「特別扱いなんてされたことはない。クビにならなかったのが不思議なくらいだ」

「あなたのことは常《じょう》先生に聞いた。先生は、わたしたちは協力しあえるといっていた」

「常先生は亡くなった」

「知ってる。口を塞がれたのよ」

「誰にだ?」

「あなたが考えているのと同じ犯人」

「勘定をしてくれ」

俺は鈴木にいった。このマコという女は危ない。感染者でもないのに、事情に詳しすぎる。うかつに親しくなったら、本当にクビになるかもしれない。

鈴木が口にした金額を俺は払った。立ち上がってマコに告げた。

「悪いが、あんたとは協力できない。二度と近づかないでくれ」

マコは驚いたようすもなく首を傾けた。

「そんなに冷たくしないで。他にもわたしはあなたが知りたいことを知ってる。たとえば明林さんについてとか」

俺は思わずマコを見た。

「恐い顔」

マコがぽつりといった。俺は顔をそむけ、無言のまま「クロウ」をでていった。


自宅に戻り、闇と静けさに包まれると、ほっとした。俺の住む地下三階に光はささず、低い機械音だけが響いている。

外でいろんな匂いが染みついてしまった服を脱いだ。その中にはマコのボディローションの香りも含まれている。シャワーを浴び、無香料の石鹸で体を洗った。パジャマに着替えると、ベッドの横においたソファにすわった。健常者には鼻をつままれてもわからないような暗闇だが、俺にはすべてのものが手にとるように見える。日の光は入らないが、この地下室にも光源があるからだ。

インターホンや照明スイッチのパイロットランプの光だ。それらの光があれば、暮らすのにまったく不自由はない。

すぐ手が届く場所においたウイスキーのボトルをひきよせ、ラッパ呑みした。

「トコヤミ」で聞いたマコの喘ぎ声を思いだし、不意に性欲が湧いた。が、次の瞬間、明林の名をマコが口にしたのを思いだし、萎《な》えた。

マコは、詳しすぎる。何者かはわからないが、「無常鬼」を調べていて、ヴァンパイアウイルスや俺のことも知っていた。本人はちがうようなことをいったが、もしかすると珍しい女の感染者なのかもしれない。

俺は警察をクビになるわけにはいかない。食えなくなるのが恐いのではない。俺を殺したいと思っている犯罪者どもから身を守れなくなると同時に、明林の行方を捜す手段も失うからだ。

松谷のような偏見にこりかたまった警察官はごまんといて、そいつらは露骨に俺を嫌ったり蔑《さげす》んでいる。偏見をもたない者であっても、俺と親しくすることで仲間外れにされるのを恐れている。

だから俺とパートナーを組む人間はいない。

もし警視庁に二人めの感染者が生じれば、俺のパートナー候補だ。

だが感染者となったことを知ったら、そいつは自殺するか警察を辞めるだろう。

感染者はカタギの世界では生きづらい。その一方、犯罪者として成功する要素をいくつももっている。そこに警察官として得た知識が加わるのだ。

犯罪に手を染めたほうが、よほどいい思いができるというものだ。

俺を殺したがっているのは、俺をスカウトしようとして失敗した連中だ。

感染者のくせに警察を辞めない。感染者のくせに症状を捜査に使う。感染していない警察官以上に許せない存在だと、そいつらは思っている。警察官なのに感染者に詳しく、その行動を予測できる俺は、狙われているらしい。

仲間に引き入れろ、それが駄目なら殺せ、といわれていると聞いた。

一般人は、犯罪から最も遠い場所にいるのが警察官だと考えている。一般人なら犯しがちな微罪やルール違反を警察官は決して犯さない。杓子定規に法を守り、車も人もいない田舎の一本道であっても制限速度を守る――それが一般人の考える警察官の姿だ。

だが、法をはさんで犯罪者と日常的に対峙する警察官は、ときにあっさりと一線をまたぐ。法やルールを厳格に守っていたら、容易に犯罪者を捕えられないという理由だけではない。犯す罪の意味や重さを理解していても、意図して犯罪者になる。

そのことを知っているのは警察官と職業犯罪者だ。警察官は、実は一般人よりはるかに犯罪に近い場所にいる。法律に詳しく商売道具にしているという点で、警察官と職業犯罪者に何らちがいはない。

しかも感染者なのだ。より近くにいながら敵対する存在として、俺は憎まれている。

警察を辞めようと考えたことがなかったわけではない。前川課長に拾われなければ、感染から一年もしないうちに、俺は警察を辞めていたろう。

もうひとり、俺に退職を思いとどまらせた人がいた。

常先生だ。

警察を辞めるかもしれないと告げたとき、

「あなたみたいな人は、これからきっと必要になります。だから辞めないで下さい」

と常先生はいった。

「ヴァンパイアウイルスの感染者はもっと増えます。今は怪しい人ばかりで偏見を抱かれていますが、これからはちがう。悪いことをしていない人でも感染してしまう。感染者が増えるほど、そうなっていくでしょう。ヴァンパイアウイルスに対する偏見をなくすためにも、あなたが警察官でいることは大切です。警察官にも感染者がいると知られれば、感染者はすべて悪い人だという偏見を減らせます」

先生のいうことはもっともだ。だが、今はまだその警察官ですら、俺に偏見を抱いている。松谷がいい例だ。

今俺が警察を辞めれば、そういう奴らは「やっぱりな」と思うだろう。警察より犯罪を選んだ、と考えるにちがいない。

意地でもそう思われたくなかった。

たぶん俺は死ぬまで警察を辞めない。ヴァンパイアウイルスは、発見されてから日が浅いので、症状などの情報はあっても生存にどのていどの影響が及ぶかのデータはない。

感染そのもので死亡する例は少ないようだが、生活習慣や栄養補給の観点などから、長生きできないだろうといわれている。

それが十年なのか二十年なのか、まるでわからない。

警察官を辞め犯罪者になった負け犬として、人生を終わりたくなかった。

だから俺は、苦しくても警察にいつづける。

たとえ殺されることはあっても、増山のように自殺は決してしない。

5

翌日の夜、警視庁六階の小会議室で、俺は事情聴取をうけた。相手は前川課長と、絹谷《きぬや》管理官だ。絹谷管理官は国際捜査課出身の女性警視で、英語、中国語、ベトナム語を話せる。

記録用のカメラの前で、「トコヨ」「トコヤミ」に足を踏み入れてから見聞きした一部始終を俺は話した。

「マル害が『トコヨ』に入ってきたとき、見覚えがある、と思いました。そして増山が携帯の画面を見て『原さんだな』と声をかけたときに思いだしました。六年前、雲南省の昆明におかれたばかりの日本領事館を訪ねたときに私は会っています」

「そのときの状況を話してくれ」

課長がいった。

「原は昆明に新たに領事館を開くための準備で、北京から派遣されていました。一年近く昆明にいる、といっていました。面倒な地ならしは、自分のような下っ端に押しつけられるのだ、と。雲南省は、ミャンマー、ベトナム、ラオスと国境を接していて、少数民族が多く住んでいます。雲南省に出入りするベトナム人密輸業者を中国国家安全部が情報収集に使っているという情報があり、中国出向中の私に調査が命じられました」

「あなたひとりで？」

絹谷が訊ねた。年齢は四十二で、俺より三つ上だ。外語大出の準キャリアで、髪をボーイッシュに刈り上げている。

「北京に駐在していた防衛省の人間もいっしょでした。雲南省は中国国内からも観光客が多く訪れます。それにまぎれて、二人で調査にあたりました」

「その人物は今も中国ですか？」

「いえ。帰国し、北海道に異動になっています」

「今も連絡はある？」

俺は首をふった。

「四年前までクリスマスカードはきていました。それだけです」

俺が感染したことを何かで知り、切ったのだろう。警察も自衛隊も、在外大使館、領事館への出向は、ノンキャリアにとっての出世コースだ。感染者となった俺との関係はマイナスでしかない。

驚くことではなかった。俺が逆の立場でもそうしたろう。六年前の俺は、ノンキャリアなりに出世コースにのったつもりでいた。特技の中国語を活かせる、とはりきってもいた。

当時は刑事部を馬鹿にしていた。頭のいいのは公安部で、体力だけが取り柄の奴が刑事部にいくと思っていた。

「原に会ったのは一度きりか？」

課長が訊ねた。

「二度会いました。一度めは領事館を訪ねたときで、その翌日、車で昆明市内を案内してくれました。田舎の雲南省から北京に帰りたがっていました」

「職場に不満を抱いていた?」

絹谷の問いに俺は頷いた。

「不満を抱いていましたし、自分を飛ばした大使を恨んでもいました」

「調べたところ、原は昆明の日本領事館に四年いて、二年前に日本に帰国している。帰国後は、外務省のアジア大洋州局、中国・モンゴル第二課に勤務していた。省内での評判は、可もなく不可もない。つまり悪かったということだ」

課長はいった。北京の日本大使館に出向していたとき、外務官僚のエリート意識には驚かされた。外務省以外の省庁の大半を馬鹿にしていて、警視庁のしかもノンキャリアの俺などゴミ扱いだ。

それだけに外に対して結束が強い。身内の恥は決して洩らさない。

殺された原の勤務態度に関する警視庁の問い合わせに「可もなく不可もない」と答えたのは
つまり、評価が低かったということだ。

「昆明に飛ばされ、クサっていたのだと思います。その結果が、増山がもっていた携帯の写真です。おそらく中国の飲み屋で撮られたものです」

「ワキが甘かった?」

絹谷の問いに俺は頷いた。

「マル害の所持していた個人用の携帯に『トコヨ』に午後七時に呼びだすメールが残っていた。

発信元のアドレスは偽造で、マル害が何らかの形で犯罪にかかわっていたか、これからかかわろうとしていた可能性を示している」

課長がいった。

「かかわっていたのだと思います。そして口を塞がれた」

俺はいった。

「あなたの考えでは、増山も意に染まない指示にしたがう形でマル害を撃った、ということでしたが――」

絹谷が俺を見つめた。

「増山は感染したことで組を破門になり、将来に不安を感じていた筈です。『トコヤミ』に社長の李を訪ねてきたのも、それが理由だったと考えられます。そこに電話がかかってきて、原の殺害を指示された。ヤケになって酒を呷《あお》り、度胸をつけた。そしてもともともっていたか、『トコヤミ』で入手した拳銃で原を撃った。そのまま逃げだすつもりだったのが、いあわせた私に逃走を妨害され、観念して自殺したのだと思います」

「あなたが『トコヨ』で発砲した件については、増山が人を撃った直後でもあり、発砲を重ねるのを阻止しようとしたという判断があったものと理解しています」

「不問、ということだ。拳銃は後ほど返す」

課長がつけ加えた。

「ありがとうございます」

俺はほっとした。丸腰で外出するのは不安だ。

「現場検証のあと、まっすぐ帰宅したのか」

課長は訊ねた。

「帰りました」

俺は嘘をついた。マコのことをまだ報告するつもりはなかった。

「今回のヤマは暴対が捜査にあたることになった。君から得た情報は、私が暴対に伝える」

「本来なら、あなたは捜査への参加を求められる立場にあります。しかし、通常の捜査活動はあなたには難しい。したがって暴対が情報を必要とする都度、協力するということで暴対の課長と話をつけました」

絹谷がいった。俺は頭を下げた。

「ご配慮に感謝します」

絹谷は表情をかえることなく頷いた。

「あんな事件があった以上、『トコヨ』、『トコヤミ』とも、しばらく営業を停止させます。『トコヤミ』には風営法違反の容疑もありますが、厚生労働省から、感染者に対する不当な圧力ととられかねない取締は回避してもらいたいとの要請がきていて、摘発は微妙なところです」

「『トコヤミ』の暗さは、明らかに風俗営業法違反だ。が、それを厳格に取締ると感染者の行動を制限していることになるという意見が、国際団体からきているらしい」

課長がつけ加えた。

「どんな国際団体ですか」

俺は訊ねた。感染者の人権を考える団体があるというのは初耳だった。

「厚労省に訊かないとわからない。おおかた、中国政府の肝入りで作られた団体だろう。ＷＨ

Oのデータによると、国民に感染者が最も多いのは中国で、共産党政治局員の中にもいるという噂だ」

「公にはなっていないけれど、国務院衛生部の試算では、ワクチンが開発されなければ、十年後には中国国民全体の八パーセントがヴァンパイアウイルスの感染者になるそうよ。そうなれば、日本も国民の一パーセント未満に抑えこむのは難しい、と厚労省はみている」

絹谷がいい、

「仲間が増えるというわけだ」

にこりともせずに課長がつけ加えた。

「その頃には、感染したからといって組を破門になるマルBもいなくなるでしょうね。警察官の感染者も多数生じることになる、と思います」

俺はいって絹谷を見た。

「期待しているとまではいいませんが、もし感染者どうしで組むことができれば安心感は得られます」

「安心感を得られるのは、新米の感染者のほうだろう。君という先輩がいるのだから」

課長が首をふった。

「そういう意味では、岬田さんの活躍に期待しています」

絹谷はいって立ち上がった。

「わたしはこれで失礼します。ご苦労さまでした」

「お疲れさまでした」

絹谷が会議室をでていくと、課長が立ち上がり、記録用のカメラを止めた。そして再び俺の向かいに腰をおろした。

「『トコヨ』『トコヤミ』が営業停止処分になると、『無常鬼』の情報収集が難しくなります」

俺はいった。絹谷の前で「無常鬼」の名を口にするのを避けていたのだ。

「他のルートはないのか」

課長は訊ねた。

「感染者に直接当たるしかありません。『無常鬼』の存在は、感染者以外にはほとんど知られていません。私の作戦では、『トコヨ』『トコヤミ』の経営者である李錫竜やその周辺から情報をひっぱるつもりだったのですが、暴対が動いているあいだは難しいでしょう」

「『トコヨ』『トコヤミ』の関係者以外で、『無常鬼』の情報をもっていそうな人間はいるか」

即座にマコの顔が浮かんだ。

「ベトナム人の感染者を知っています。ベトナム人が集まるバーをやっていて、ベトナム人組織の構成員も客にいます」

「君が警察官だと知っているのか」

「いえ。今のところはまだ知られていません」

「昨夜、『トコヤミ』にベトナム人がいた、と君はいっていたな」

「はい。ですが、私の知り合いではありませんでした。ただ感染者どうし、つながっていると思います」

「昨夜のヤマに関係している可能性についてはどうだ？」

「ないとはいいきれません」

答えて、俺は増山がいつどこで拳銃を入手したのかについて考えていたことを話した。

「するとそのベトナム人客が増山に拳銃を渡した可能性もあるというのだな」

俺は頷いた。

「もう少し『トコヤミ』にいればよかったと、今は後悔しています。そうしていたら、増山が拳銃を誰かから渡されたのか、それとも元からもっていたのかを知ることができました」

再びマコのことを思いだした。マコなら、増山が誰かと接触したかどうかを見ている。

「しかたない。増山があんなヤマを踏むとは予測できなかったのだからな」

「そうであれば、増山に原殺害の指示を与えた人間にとっても、予想外の事態だったと考えられます。原を殺し、その混乱に乗じて脱出するつもりでいた増山を、たまたま現場に居あわせた刑事が止めたのですから」

俺はいった。課長は目を細めた。

「逃走に失敗したら自殺しろ、と命じられていたとは思わないか」

「増山は、私の正体が刑事だと気づいていませんでした。名前を呼ばれて初めて、そうなのだとわかった。そこで私に銃を向け、逃げようとしたが逆に撃たれた。その場で倒れるほどの傷ではなかったが、混乱した頭でもう逃げられないと考え、自殺したのでしょう。刑務所における感染者の扱いについての噂を思い浮かべたのかもしれません」

刑務所では服役態度の悪い感染者に〝日光浴〟をさせるという噂があった。むろん食事も他の服役者とかわらない。イスラム教徒の服役者にはハラルの食事をだしても、感染者に無味無臭のゼリー状食品とミネラルウォーターの支給をする刑務所はない。

「刑務所に関しては、例の国際団体が法務省にいろいろといってきているらしい。今後、感染服役者が増えることは十分考えられる。それに対応した施設を作るべきか検討案件になっていると聞いた。いずれにしてもだいぶ先の話だろうが。そのベトナム人の感染者に当たってみてくれ」

「了解しました。『無常鬼』についてだけではなく、昨夜の件についても何か知っているかもしれません」

俺は答え、立ち上がった。

6

ヴァンパイアウイルスの感染者にとって、冬は最も活動しやすい季節だ。夜が長い。夕方の早い時刻から出歩くことが可能になり、夜明けまで、たっぷり動き回る時間がある。

夏至と冬至とでは、東京では五時間近い日照時間の差がある。

感染するまで俺は夏が好きで、冬は大嫌いだった。それが今は、冬をありがたがる体になった。特に冬の真夜中、午前零時前後は、心身が活動的になるのを感じる。

寒いのはあまり苦にならない。視覚や聴覚、嗅覚などは敏感になっているのに、寒暖や痛みなどに対してはむしろ鈍感になっているのだ。

これもヴァンパイアウイルスの感染者が犯罪に走るといわれている一因だ。健常者なら動けなくなるほどの痛みを感じる傷を負っても、感染者は動き回ることができる。

タイでは、四発もの銃弾を受けながら、三キロ以上を歩いて逃走したギャングの感染者が報告されているし、日本や中国でも、刺されたり撃たれたりした感染者が常識では考えられない強靭さを見せた例がある。

ただ、痛みを感じにくいといっても、不死身なわけではない。痛みは、肉体がもつ防衛機能の一種だ。動いたら生命に危険が及ぶような傷を負ったときに、痛みが行動を制限するのだ。したがって痛みを感じないからといって、負傷した体で動き回れば、失血などで死に至る可能性もある。

増山が俺に撃たれても倒れなかったのは、だからだろう。ふつうの人間なら、わき腹を撃たれれば、その場で動けなくなる。

警視庁をでた俺は貸与されている覆面パトカーで神奈川県の川崎市に向かった。

川崎区の石油コンビナートに近い一角に、めざすベトナム料理店「サイゴン」がある。看板はなく、黄色地に赤い横線が三本入った、「ベトナム共和国」の旗が目印だ。

俺はその時代を知らないが、ベトナムはかつて南北に分かれ戦争をしていた。社会主義国家が肩入れした北ベトナムと米軍などの支援を受けた南ベトナムが戦い、北ベトナムが勝利したという。その結果、「ベトナム共和国」は消滅した。

一九七五年に戦争が終結すると、南ベトナムから多くのベトナム人が脱出した。

「サイゴン」を始めたのも、そのひとりだと聞いている。当人はかなりの高齢で、今は息子と孫が店を切り盛りしている。

「サイゴン」は日本で三本の指に入るベトナム料理店だといわれていた。それなのに午前七時から午前三時まで毎日二十時間開いていて、朝食からランチ、ディナー、深夜はバーとして営業している。

バーの営業は、午後十時から午前三時までだ。

倉庫を改造した木造の店内にはベトナムの調味料であるヌクマムの匂いが充満している。魚を発酵させたヌクマムの強い匂いは本来なら感染者に頭痛を起こさせそうなものだが、不思議なことに俺を含む誰もそうはならない。

ヴァンパイアウイルスの最初の感染者はベトナムで発生した。それゆえヌクマムは、感染者にとり不快な匂いではないのだと、もっともらしくいうベトナム人感染者がいた。

だったら日本人感染者は醬油の匂いが平気になっていい、と俺はいい返した。民族的に慣れ親しんだ調味料の匂いに免疫があるとすれば、味噌や醬油の匂いで、具合が悪くならない筈だ。

だが実際は、味噌や醬油、バターやオリーブオイル、ニンニクの匂いすべてが苦手だ。

平気なのは、「サイゴン」に染みこんだヌクマムの匂いだけ。タイ料理屋で嗅ぐナンプラーの匂いは比較的ましだが、パクチーの匂いは苦手だ。

近くにあるコイン駐車場に覆面パトカーを止め、俺は「サイゴン」の扉を押した。時刻は午後十一時を回り、店の周囲の歩道には利用客のバイクや自転車が多く止められている。ベトナムのポップスが流れ、店内にはざっと二十人ほどの客がいた。半数以上はベトナム人で、それ以外となると日本人か中国人だろう。タイ人やミャンマー人を「サイゴン」で見たことはない。

アオザイを着たウエイトレスが店内を動き回り、料理や酒を配っている。

俺は入って正面にあるカウンターに歩みよった。

色白の体をタトゥーで埋めつくした長髪の男が腕を組み、バーミラーによりかかっていた。

「サイゴン」創業者の孫、グエン・カオ・ミンだった。

「よう。ハ、ハ、ノンアルくれ」

俺はミンにいった。ミンがノンアルコールビールの缶を冷蔵庫からだし、カウンターにおいた。

「久しぶりだな。仕事中なのか」

ミンの問いに俺は頷いた。ミンは俺を、クスリや銃などヤバいブツ専門の運び屋だと思っている。

「そうだ。じいさんは元気か」

「元気だが、このところ一日の大半を寝て過してる。そのうち起きなくなるのじゃないかって、お袋はひやひやしてるよ」

ミンはいった。十六で地元の不良グループのリーダーとなり、十九のときには川崎市すべての不良をしたがえていた。二十二歳で横浜に進出し、抗争を重ねるうちに二十六でウイルスに感染した。中華街を仕切るギャングのメンバーと決闘したときに負った怪我が原因だ。

感染をきっかけにギャングを引退して家業を手伝い始め、じき四年になる。「トコヤミ」を多くの感染者が訪れるように、「サイゴン」にも、ベトナム人を中心に京浜地区の感染者が訪れる。ただし「サイゴン」は「トコヤミ」ほど暗くない。だから感染者の客の多くはサングラスをかけている。

「じいちゃんに伝染《うつ》してやったらどうだ？　元気がでるかもしれないぞ」

「俺もそういったら、親父に殴られた。ふざけるなってな。グエン家の名前にこれ以上泥を塗る気かといわれた」

午後十時以降のバータイムになると、ミンの親父やお袋は決して店にでようとしない。朝から午後十時までと、十時以降とでは、「サイゴン」の客はまったくかわる。

「いずれお前はグエン家の名を上げる。感染者はもっと増えるし、そうなりゃこの店は客で溢れかえるさ」

俺はノンアルコールビールの缶を片手に店内を見回し、いった。客の半数近くがサングラスをかけている。

「そうなったら、値段を上げるぜ。いやメンバー制がいいか。十時以降は、会費を払っている奴しか入れないんだ」

「大儲けしたら、俺を運転手で雇えよ」

「いいぜ。日本人の運転手をこき使えば、皆に尊敬されるってもんだ」

ミンはいって大笑いした。そして俺に訊ねた。

「きのうの話、聞いてるか」

「どんな話だ？」

「日本人のやくざが警察に撃ち殺された。感染者だっていうだけで撃たれたらしい」

たった一日でずいぶん尾鰭《おひれ》がついたものだ。

「どこで?」

「上野だ」

「上野に警察が踏みこんだのか」

「そこまでは知らない。知り合いが騒ぎの直前まで店にいたんだ」

俺はひやりとした。もし「トコヨ」にいたのなら、増山を撃つ俺を見たかもしれない。

「撃たれるところを見たのか」

「いや。先にでていて、少ししたら警察が山ほどやってきて、中でやくざ者が撃たれたって、誰かから聞いたといっていた」

「なぜ撃たれたんだ?」

ミンは肩をすくめた。

「知らんね」

「警察も、感染者という理由だけじゃ撃たないだろう」

「どうだかな。聞いた話だが、北朝鮮じゃ感染者はかたっぱしから生き埋めにされているらしいぞ」

「マジか。日本でよかった」

「日本だって捕まれば地獄だ。刑務所じゃ食うもんがない。俺の知り合いは、毎日食っちゃ吐き、食っちゃ吐きで、骨と皮だけになって死んだ。たった二年の刑が死刑と同じだったんだ」

ミンは小声でいった。

そこに新しい客が現われた。長身で色が浅黒く、黒いコートを首もとまでボタンで留めている。髪を銀色に染め、赤のコンタクトレンズを入れているので、まるで吸血鬼だ。

「ヤバいのがきたな」

俺はつぶやいた。トオルという名で知られている日本人とベトナム人のハイブリッドのギャングだった。感染者だ。赤い目を見せつけるために、サングラスはしない。

トオルは二人の手下を連れていた。二人とも赤いコンタクトを入れ、忠誠の証にしている。まっすぐカウンターに歩みよってくると、トオルは俺を無視し、ベトナム語でミンにいった。

「日本人を入れないほうがいいぞ。感染者を密告する、警察のスパイがいるらしい」

喋るのは得意じゃないが、聞くのはそこそこ理解できる。

「別にスパイなんて恐くないぜ。きてほしくないのは税務署だけだ」

ミンが日本語で答えた。トオルはフンと鼻を鳴らし、俺を見た。日本語でいった。

「『夜光《やこう》のミン』も、今じゃ税務署をおっかながる身分か。いいねえ、カタギは。サキっつったっけ。お前、仕事何やってんだよ」

「ドライバーだ」

「何を運んでる?」

「そのときどきだ。人間も運べば、ブツを運ぶときもある」

「警察のスパイの話を聞いたことはないか」

「あるけど、スパイはここには入ってこられないだろう」

トオルは左手の人さし指を立てた。

「それがよ、デコスケがいるらしいんだ。感染者の」

「本当か」

ミンがいった。トオルは声を低めた。

「きのう、俺のツレが上野にいたんだ。そいつは道具を渡せと頼まれてな。店にきたやくざ者に渡した。そうしたらそのやくざに話しかけていた日本人がデコスケで、やくざ者を撃ったのだってよ」

「なぜ撃ったんだ？」

ミンが訊ねた。

「やくざ者が別の客を撃ったかららしい。消せって命令されてたんだな」

「誰に命令されたんだ？」

黙っていられなくなり、俺は訊ねた。トオルは俺をにらんだ。

「知らねえな。組うちの誰かじゃないのか」

「上野でドンパチやったら、皆が迷惑するだろう。上野やここは、数少ないたまり場なのだから」

「やくざはそんなこと気にしねえ。ほとんどの組は、感染がバレたら破門だ」

トオルはいった。

「だったらそのやくざ者も破門になっていたのじゃないか。破門になった奴が、組の命令で誰かをハジくか？」

俺がいうと、

「確かにそうだ」

とミンは頷いた。

「別の誰かがハジくように命じたんだ。道具を渡したっていう、あんたのツレは誰にそれを頼まれたんだ？」

俺は訊ねた。

「おいおい、そんなヤバいことを訊けるわけないだろう。それこそ警察に追っかけ回される。いいか、この話で大事なのは、感染者のデコスケがいるってことだ。感染者だから安全だと思ったら、大まちがいだ。日本人が怪しい。わかるよな。日本人じゃなけりゃデコスケになれない」

トオルは上から舐めるように俺を見つめた。

「中国人のフリをしているかもしれないぞ。日本に帰化した中国人や韓国人の可能性もある」

俺はいった。

「確かにな。だがベトナム人はいねえ。ベトナム人だけは信用できる」

トオルは低い声でいった。

「おい、モメるようなことをいうんじゃねえ。うちの店じゃ、何人《なにじん》だろうと、ごちゃごちゃいうのは禁止だ」

ミンが止めた。トオルは顎を引いた。

「親切心で教えにきてやったんだよ。魚くせえこの店にも、サツのスパイが入りこんでるかもしれないって」

ミンをにらんだ。

「それともサツとモメるのは嫌ってか。『お巡りさん、お巡りさん、悪い奴が店で暴れてます。やっつけて下さい』って、いつでも泣きつけるように」

ミンは手にしていたナフキンをカウンターにおき、トオルを見すえた。

「誰とモメようが、誰かの手を借りようなんて考えたことはない」

「おっと」

トオルがいうと、二人の手下が身構えた。どちらもまだ二十を過ぎたかどうかという子供だ。だが感染者だという理由で、ガキの頃から差別され、小突き回され、トオルのチームに流れついた。足を洗わない限り、長生きはできないだろう。殺されるか、クスリで命を落とす。とはいっても、足を洗ったところで感染者を雇ってくれるカタギの商売はごくわずかだ。

「よせよ」

俺はトオルと二人のチンピラにいった。

「ここを出禁になったら、本当に世間が狭くなるぞ」

「確かにな」

トオルが頷いた。

「いや、悪かった。『夜光のミン』を怒らす気はなかったんだ」

トオルは拳を広げ、いった。手下に顎をしゃくる。

「いくぞ」

三人は「サイゴン」をでていった。それを見送り、俺はいった。

「あいつら何も飲まずに帰ったな」

「おおかた探りを入れにきたんだろう」

ミンが答えた。

「探り？」

「聞いた話だが、感染者ばかりを集めている組織が東京にあるらしい」

「そんな組織を作ってどうするんだ」

「さあな。ギャングややくざの世界でも、感染者は嫌われる。トオルみたいに自分のチームを作るしかない。けど人数が少なけりゃ、クスリの取引でも足もとを見られる。使い捨てにされるのがオチだ。だから数を集めて何とかしようと考えている奴がいるのじゃないか」

ミンはいった。

「なるほどね。けど、日本人だけじゃ数が集まらないのじゃないか。かといって、中国や他の国の人間までかき集めたら、誰がアタマを張るかで、もめそうだ」

俺はいった。

「トオルはアタマを張りたいタイプだ。自分からは入れてくれとは頼まず、仲間になってくれといわれたら、アタマを張らせろというつもりなのだろう。感染者に警察のスパイがいるって話も、一目おかれるために奴がいいだしたことかもしれん」

「じゃあ信じる必要はないか」

「とはいいきれない。この調子で感染者が増えていきゃ、そのうちお巡りの中にもうつる奴がでてくるだろう。ただよ、そうなったら感染者、非感染者でいがみあったところで何の意味もない。夜に生きる奴と昼に生きる奴で、棲み分けすりゃいいだけだと思わないか。足を洗ってわかったが、別にギャングややくざ者が感染者にやさしかったわけじゃない。感染者だからってグレたって、得することはないね。感染者のお前にも仕事をやるって恩を着せられて、使い走りさせられるのがせいぜいだ。おいしいところは、非感染者の組織がもっていく。いってみりゃ、今は過渡期なんだよ。感染してない奴らにいいように利用されたくないから組織を作るってのもわからなくはないが、いがみあって得するのはそれこそお巡りだけだ。そこのところ、やるのなら相当考えないとな」

ミンは眉をひそめ、低い声でいった。

「頭がいいな。それこそアタマを張れるのじゃないか」

俺はいった。

「アタマになっていいことなんか何ひとつないよ。警察に目をつけられ、やくざには命を狙われかねない。嫌だね。バーの親父が俺には合ってる」

俺はミンを見つめた。その言葉は信じられなかった。

「一生、バーの親父をやる人間には見えない」

「それは買いかぶりだ、サキ。俺は平和が好きなんだ。うまいもんを食って酒を飲み、たまに女を抱けりゃ、それ以上は望まない」

ミンは首をふった。その声には妙に暗い響きがあり、俺は気になった。が、今は深掘りすべきじゃない。腕時計をのぞき、

「そろそろいかないと。時間調整に寄っただけなんだ」

俺はいった。金を払い、「サイゴン」をでた。「サイゴン」の客に探りを入れるつもりもあっ

たが、今日はこれで十分だ。

コイン駐車場に向け歩き、通りを渡ったところで声をかけられた。

「おい」

路上駐車したメルセデスの窓からトオルが顔をだしていた。白のメルセデスにはごていねいにも「Vampire」と血の色のシールが貼られている。

「どこまでいく？　乗っけていくぜ」

「そこに車が止めてあるんだ」

俺はコイン駐車場の方角を指さした。

「少しつきあえよ」

「時間に遅れるとマズい。わかるだろ？」

俺は首をふった。

「わかんねえよ。お前が本物のドライバーかどうかなんて知れたものじゃねえからな」

「だったら車見るか。スピードやオピ、アイスを積んでる。少しくらいなら分けてやってもいいぜ」

むろんそんなものは載っていない。それどころか車を見られたら、覆面パトカーだと一発でバレる。背中に汗が浮かんだ。

「クスリなんざいらないよ。訊きたいことがあって待ってたんだ。お前のいうように『サイゴン』でもめるのは賢くないからな」

トオルがメルセデスのドアを開け、降りた。二人の手下も降りてきて、俺をはさむように立った。

俺はそっと息を吐いた。腰に留めたシグを意識する。

「何が訊きたいんだ」

「きのう、上野にいなかったか」

トオルは訊ねた。

背中に浮かんでいた汗が冷たくなった。

「上野にはしばらくいってないな。なんでそんなことを訊く？」

「決まってるだろう。お前がデコスケじゃないかと疑ってるのさ」

「日本人の感染者は全部デコスケか？」

「いや。お前が妙なんだ」

「何が妙なんだ？」

「感染者には感染者が通るルートって奴がある。どこをどう生きてきて、ウイルスがうつったというな。多いのはクスリと喧嘩だ。日本じゃほとんどないが、注射器《ポンプ》の使い回しでうつる。あとは殴ったり刺したりで血を浴びて、自分の傷からウイルスが入る。血の絆って奴で、互いの手首を切って傷を合わせてうつった奴もいる。俺はフルボッコした奴に血を垂らしてうつしたことがある。感染者を馬鹿にしやがったんだ」

「それがどうした」

「お前はどうしてうつったんだ？　クスリじゃねえだろう。といって、そこらじゅうで喧嘩をするようにも見えない」

俺はトオルを見返した。

「うつされたんだ、女に」

「女？　感染者の女がいたのか」

「そうじゃない。寝ているときにウイルスを注射された」

「なんだって」

トオルは目を丸くし、次の瞬間笑いだした。

「聞いたか、おい。こいつは女にウイルスを注射されたんだってよ。そんな間抜けがいるとはな」

手下を見ていう。

「笑いたけりゃ笑え」

「いや、傑作だ。そんなルートで感染した奴がいるんだ。その女は、よほどお前のことが嫌いだったのか」

「さあな。俺にウイルスを打ったあと消えた」

笑みを消し、トオルは俺を見つめた。

「つまりお前は感染するまではカタギだった。感染したんで、ドライバーになったってわけか」

「だから何だ？」

「道理でお前からは俺らとはちがう匂いがしたわけだ。ドライバーの前は何をやっていた？」

「いいたくないね」

訊かれるまま何でも答えていると、かえって怪しまれる。

「何をやってようと、あんたには関係ないだろう」

「おいおい、いいのか、そんな強気で」

トオルがいうと、手下のひとりが皮ジャンの懐《ふとこ》ろからナイフを抜きだした。

「やめとけ。カッコつけたつもりかもしれないが、ガキがそんなものふり回すとろくなことがないぞ」

俺は首をふった。

「ナメてんのか、この野郎」

ガキが唸った。俺は腰からシグを抜き、ガキの顔に向けた。

「ナメてるのはお前だ。プロのドライバーを何だと思ってる。丸腰で出歩くほど間抜けじゃないんだよ」

ガキは目をみひらいた。

「お前のその赤い目玉をもっと赤くしてやろうか」

無言で息を呑む。俺は銃口をトオルに振った。トオルはさすがにびびらなかった。

「本物か、それ」

「撃ちゃわかる」

トオルは顎をひき目を細めた。

「珍しい道具だな。まるでデコスケがもつような銃だ」

「そうだよ。もともとは機捜のデカがもってたもんが俺に流れてきた。だから正真正銘の本物だ」

シグのことをいわれたら、そう答えると決めていた。

俺はシグをもうひとりの手下に向けた。そいつはひっと声を上げ、あとじさった。

俺はそのすきに素早く遊底を引いた。初弾が薬室に入り、いつでも発砲できる。その動作で、完璧に本物だと気づいた筈だ。

「いいぜ。互いに血をかぶったって、今さら感染もクソもない。こいよ」

俺はいった。

「トオルさん」

びびった声で手下がいった。

「こりゃ参ったな。お前がそんなに気合の入った奴だとは思わなかったよ」

トオルが笑い声をたてた。

「ちょっとからかっただけだ。忘れてくれ」

手下に顎をしゃくった。

「おい、いくぞ」

「待てよ」

俺はいった。踵《きびす》を返しかけたトオルの顔から笑みが消えた。

「何だ」

「せっかくだ。教えてもらいたいことがある」

拳銃を抜いた以上、やれるところまでやるしかない。

「はあ？」

「感染者のデコスケを見たって、あんたの知り合いの話だ。本当にそんな奴がいたのか」

「本当だ」

トオルは頷いた。

「日本人だったのか」

「そいつはそういってた」

「会って話を聞きたい」

「なんで？」

「決まってるだろう。そんな噂が広まったら、あちこちで疑われる。感染者のデコスケがいるのなら、早めに始末したほうがいい」

攻撃は最大の防御だ。刑事を殺したがっていると思わせ、疑いを回避する。

トオルは俺を見つめた。

「お前が始末するのか」

「俺にも仲間はいる。そんな奴がいたら、日本人の感染者皆が迷惑する。見たっていう、あんたの知り合いを紹介してくれ」

「そいつに訊いてみる」

「わかった。返事をもらったら、ミンを通して連絡をとりあおう」

「別に携帯を教えたっていいぜ」

「俺の商売を忘れたか。携帯を教えると、居場所を特定される。それは困る」

「なるほど。確かにそうだ。お前、日本人のくせに度胸があるな。頭も切れる」

トオルは意外そうにいった。

「そいつの名は何ていう?」

俺は訊ねた。

「チューだ。ベトナム人には山ほどいる名だ」

トオルは答え、手下に目配せした。手下がメルセデスのドアを開いた。

「じゃあな」

トオルはいってメルセデスに乗りこんだ。手下のひとりがハンドルを握り、メルセデスはその場から遠ざかった。その尾灯が見えなくなってからようやく、俺はシグの安全装置をかけ、腰に戻した。

7

「サイゴン」に戻り、ミンにチューというベトナム人のことを知らないか訊ねようかとも考えた。が、嗅ぎ回りすぎると、それこそ正体を疑われかねない。

俺は覆面パトカーをパーキングからだし、大師インターから首都高速に上がりアクアラインを渡って千葉に向かった。行き先は木更津にある石油コンビナートの一角だ。そこのサッカー場に深夜、感染者のサッカーチームが集まり、定期的に試合がおこなわれている。

感染者にとり、夜のグラウンドは日頃の運動不足を解消する格好の場だ。照明がなくても球や互いの動きは手にとるように見える。

しかもサッカーはボールひとつあれば楽しめる競技だ。

いってみると、その日は群馬からきた日系ブラジル人のチームと千葉の韓国人チームの試合がおこなわれていた。

騒げばすぐに警察がくるので、サッカーの試合とはいえ静かだ。応援も小声で、口笛や手拍子は禁止されている。

このサッカー場のことは、サッカー好きの感染者には知られていて、カタギの感染者のチームがきたこともある。

日頃は何かというと銃や刃物を振り回すギャングどもも、サッカーの試合ではスポーツマンシップを発揮する。ラフプレイをしたり、負けた腹いせに暴れれば、相手をしてくれるチームがいなくなるからだ。

だからレフェリーが少なくても反則をする奴はいない。カタギの試合よりよほど紳士的だ。

観客は両チームの関係者を除けば十数人といったところで、グラウンドの施設の闇にひっそりとたたずんで試合を見ていた。中に顔見知りがいた。森田という本物のドライバーだ。感染者のドライバーはライトなしでも走れるため、運び屋として重宝される。ただし無灯火で走っているのをパトカーに見つかれば、百パーセント犯罪にかかわっていると見なされ、追跡される。それを撒《ま》ける性能の車と運転技術をもっていることが条件だ。

俺は森田に無言で片手をあげ、森田も手をあげて答えた。

グラウンドの闇の中では、地面を蹴る響きと荒い呼吸、ボールの弾む音がつづいている。

「どっちだ?」

俺は訊ねた。

「赤いユニホーム。韓国人のチームが三対二で勝ってる。いい試合だ」

森田が答えた。森田はもともとクスリの運び屋で、稼いだ金を草レースにつぎこんでいた。香港のサーキットで事故を起こし、輸血された血液製剤がウイルスに感染していた。まだヴァンパイアウイルスの存在が知られる前だったのだ。

だから日本人にしては感染歴が長い。

俺は森田の隣に立ち、グラウンドを見つめた。健常者には、暗闇の中で何がおこなわれているか、まるで見えないだろう。照明は、コンビナートの煙突が吹き上げる炎と、航空機の衝突防止用の赤いランプだ。稼働し、煌々《こうこう》と照明を点しているコンビナートもあるが、まぶしすぎて感染者は近づけない。

試合はラスト五分で、日系ブラジル人チームが逆転勝利をおさめた。観客は静かに拍手をし、選手は互いの健闘をたたえあって、汗と泥にまみれたまま、乗ってきた車に乗りこみ走りさった。

群馬までは遠い。急いで帰らないと渋滞にひっかかり、太陽が顔をだす。

森田と少し話したが、めぼしい情報はなく、俺は帰ることにした。少し離れた場所に止めておいた車に戻ると、ジーンズにフェイクファーのロングコートを着た女がよりかかっていた。

「この寒いのによくそんな薄着でいられるわね」

マコだった。コンビナートの周辺は海風が吹き抜ける。マコはコートの前で両腕を組んでいた。

　俺は足を止めた。

「何をしてる？」

　マコは肩をすくめた。

「あなたと同じこと」

「試合を見てたのか」

「少しね。目薬をさしていてもよくわからなかったけど。勝ったのは青いユニホームのチームよね」

「そうだ」

「車の中で話しましょ。寒くてたまらない」

「俺は平気だ」

「わかってる。わたしはちがうの。早く！」

　急《せ》かされるまま俺は車のロックを解き、覆面パトカーに乗りこんだ。エンジンをかけると、助手席にすわったマコはほっと息を吐いた。

「助かった。凍え死ぬかと思った」

　そして俺の顔をのぞきこんだ。

「で、収穫はあった？」

　図々しい女だ。

「俺はサッカーを見にきただけだ」

「嘘。あなたがこの車を止めたのは、ハーフタイムのあとだもの。サッカーが見たけりゃ初めからいた筈」

「あんたは最初から見ていたのか」

「そうよ。感染者の知り合いに連れてきてもらった」

「そいつはどうした？　またスタンガンで追っ払ったのか」

「帰りは知り合いに送ってもらうといった」

「ずいぶん人がいいな」

「すっきりさせてやれば、男はいうことを聞く」

「この寒い中でやったのか」

「ショーツを脱がなくてもすっきりさせてやる方法はあるわ」

マコは笑った。どんなことをいっても下品に見えない。それが妙だった。俺は顔をそむけ、訊ねた。

「『トコヤミ』にベトナム人のグループがいたのを覚えているか」

「三人組でしょ」

「俺が話した日本人がそいつらと接触するのを見たか」

「あなたがでていってすぐに、その人とベトナム人のひとりが通路にでていった。少しして表の店がさわがしくなり、ベトナム人だけが戻ってきたの。バーテンに何か説明してて、そうしたらバーテンが、今日の支払いはなしでいい、案内するから、地下からでてくれといった」

「そのベトナム人はどうした?」

「地下から隣のビルにでたあと、仲間といっしょに消えた。あとを追いかけたかったけど、ほら、ホテルにいきたがった馬鹿がいたから」

そいつがトオルのいっていたチューにちがいない。チューは拳銃を渡すのと増山の仕事を見届ける、ふたつの役割を命じられていたのだ。

問題は誰に命じられていたかだ。

「あったかい」

不意に俺の手を握り、マコがいった。マコの手はひどく冷たかった。俺は握られるままにしておいた。

「ベトナム人がどうしたの?」

「見つけたい」

車内があたたまり、マコの体からボディローションの香りがした。不快ではなかった。

「殺すの?」

感情のこもっていない声でマコは訊ねた。

「俺を何だと思ってる。誰が仕事を命じたのかを訊きたいんだ」

「何の仕事?」

「俺が話した男に拳銃を渡し、そのあとそいつが人を撃つのを見届ける仕事だ」

「撃たれたのは誰?」

暴対は捜査に支障があるとして、まだ被害者の氏名、職業を報道に流していない。

「原という外務省の男だ」

違反になるが俺は教えた。

「以前、中国にいた原？　昆明の日本領事館で働いていた」

「すっきりさせてやったことがあるのか」

「あなたってときどき、すごくムカつくことをいう人ね」

マコは横を向き、いった。

「そうしたほうが立場のちがいが明確になるだろう」

マコは静かに息を吸いこんだ。

「原はＵＦＷＤの協力者だった」

プロレス団体のような名だが、ＵＦＷＤとは中国共産党中央統一戦線工作部の略称だ。

俺はマコを見た。

「あんたはそのメンバーか」

「ちがう」

「ちがうといわれて、はいとは頷けないな」

「ＵＦＷＤだったら、原が協力者だったことを話すと思う？」

「死んだ人間のことなら話しても問題はない」

「それであなたの信頼を得る？　そんな単純な人じゃないでしょ」

マコは俺の目をのぞきこみ、いった。俺は覆面パトカーを発進させた。この場所に長くいたくない。地元警察のパトカーに見つかれば、職質をうける羽目になる。

グラウンドを離れ、館山自動車道に乗ると、

「お腹すいた」

マコがいった。

海ほたるパーキングエリアなら、この時間でもやっている店があるだろう。

アクアラインを走り、俺は無言のままハンドルを切って、海ほたるに入った。

「おごってくれるの？」

「原のことを聞かせてくれるなら」

俺は答えた。マコは嫌だとはいわなかった。

いろいろな食いものの匂いで頭が痛くなりそうなフードコートに、俺とマコは入った。マコはあさり入りのうどんを頼み、俺は自販機でミネラルウォーターを買った。最近は妙な香料の入ったミネラルウォーターが増えている。少しでも高く売りつけようというメーカーの意図が丸見えだ。

「外にいる」

立とうとした俺を、

「嫌だ、そばにいて。こんな時間に、ひとりでうどん食べてる女なんて変でしょ」

俺は思わず笑った。

「そんなことを気にする柄か？」

「気にするわよ。それに妙な奴にナンパされたくないし」

レストランを見回し、マコはいった。確かに深夜のパーキングエリアには、暇をもてあまし

たような若い奴がうようよし、中にはマコにちらちらと視線を向けてくるものもいる。

俺は肩をすくめ、ジャケットからマスクをだした。マスクをしていれば、少しは匂いが防げる。

俺はうどんを食べるマコを観察した。食事のとりかたには、育った国の慣習がでる。日本人、中国人、韓国人、一見国籍がわからなくても、食事をする姿で見当がつく。たとえば日本人は食器を手にもって料理を口に運ぶが、韓国人はそれを下品な食べかただといって蔑む。

中国人は食事の際に音をたてるのを厭《いと》わず、楽しむ傾向があり、日本人とはそこが異なる。

マコは丼に近づき、大きな音をたてずにうどんを食べていた。日本人か、日本の習慣を身につけた者の食べかただ。

「何見てるの？」

俺の視線に気づいたマコがいった。

「日本は長いのか」

「上手に化けてる？」

マコはフンと鼻を鳴らした。

「ああ」

丼を手にうどんの汁を飲み終えると、俺が手にしていたミネラルウォーターに手をのばした。

「ひと口ちょうだい」

「いいのか」

「何が？」

「うつるかもしれないぞ」

「うつんないわよ。それくらいの知識がなかったら『トコヤミ』になんかいけない」

ペットボトルのキャップを外し、ごくごくと飲んで返した。

俺たちはフードコートをでた。海風の吹き抜ける展望デッキに人影はない。

「食べたら少しあたたまった」

マコはいって、腕をからめてきた。

「原が殺されたのはUFWDと関係があるのか」

「まだわからない。でも日本に戻ってきてからの原は、UFWDのための情報集めをしていた」

「UFWDでもないのに、なぜそんなことを知ってる?」

「弱みを握られて情報を売る奴は、そのことを知られた別の誰かにも情報を売らざるをえなくなる。つまり誰にでも売るようになるってこと」

「そうさせていたのか」

「原は雲南省でハニートラップにひっかかってUFWDに弱みを握られた。確証はなかったけどその可能性を疑った外務省は、日本に戻した。UFWDは、原が日本に帰ってからも金とひきかえに情報を得ていた。たいした情報を得られないとしても、一度はめた首輪を外すつもりはなかったから。それを知った誰かが、原を『トコヨ』に呼びだしたの。威《おど》して、自分たちの首輪も原につけようとしたのね」

「だが原は殺された。UFWDに口を封じられたか」

マコはあきれたように俺を見た。

「情報機関があんな派手なやりかたをすると思う？」

俺は首をふった。マコはつづけた。

「ＵＦＷＤもあわてている。たいした駒じゃなかったけれど、外務省内に飼っていたスパイが死んじゃったのだから。なぜ殺されたのか、連中も知りたいのじゃない」

「原は感染者じゃなかった。呼びだされて『トコヨ』にきた」

俺がいうと、マコの腕に力が入った。

「誰が原を呼びだしたのか、知ってる？」

「わかっていない。携帯にメールが残っていたが、発信者を特定できないアドレスからだった」

「寒くなってきた。車に戻りましょ」

マコがいった。俺は動かず、マコの腕をはさんだ腕に力をこめた。

「まだだ。『無常鬼』について教えろ」

「わたしもそれを調べてる。原は『無常鬼』と接触していたようなの」

「感染者が中国のスパイと何をしようというんだ？」

「それがわかったら苦労しない。お願い。風邪ひいちゃう」

「それで君は何者だ？　ＵＦＷＤの動きをそこまで知っていて、なぜ俺に情報を流す？」

マコが腕を抜けないように力を入れ、俺は訊ねた。

「もう」

マコはつぶやくと、いきなり俺に向きなおった。唇を重ねてくる。まるで蛇のように舌が歯のすきまに入りこみ、すばやく俺の舌にからんで戻った。同時に腕を抜いた。

雷のようなキスだった。こんなキスができる女を、俺は他にひとりしか知らない。

呆然としている俺に笑いかけ、マコはフードコートの中に走りこんだ。

同一人物なのかを一瞬疑った。

そんな筈はない。長い時間をいっしょに過し結婚まで考えた女を、たとえ全身整形を施したとしても、見抜けない筈がない。

マコのキスは明林のキスと似ていた。舌がまるで獲物を狙う蛇のように動き回る。初めてのキスで、俺は夢中になった。

マコは明林じゃない。抱いたわけではないが、匂いがちがう。マコの体の匂いは明林のそれとは明らかに異なる。明林と肌を重ねていた頃、俺は感染者ではなかったが、匂いははっきりと覚えている。

衝撃から立ち直るまで時間がかかった。気持が落ちつき、二人が別人だと自分に納得させてから俺はフードコートのある建物に戻った。

マコの姿はなかった。駐車場にいるのかと考え、駐車場に戻ってきてもマコはいない。

車に乗りこみ、エンジンをかけて俺はしばらく待った。

だがマコは現われなかった。

8

翌日の晩、俺は警視庁の自分のデスクから組織犯罪対策部のデータベースにアクセスし、チューという名の男性ベトナム人犯罪者を検索していた。

過去十年以内に、身柄を拘束されたチューは十二人おり、うち三人が服役中で、残る九人のうちの四人が国外退去になっている。

そいつらが別人名義のパスポートで日本に戻っている可能性はとりあえず排除し、国内にいる五人のリストを画面にだした。六十歳台と五十歳台の二人を外す。「トコヤミ」で見た三人組は、そこまで年をくっていなかった。

残る三人で、警視庁が把握している最終居住地は、神奈川県が二人、千葉県がひとりだ。神奈川県のチューは横浜市鶴見区と大和市、千葉県は八千代市に住んでいる。三人とも一年以上前の住所なので、今もいるかどうかはわからない。

トオルの知り合いであることを考え、俺は神奈川の二人から捜査を始めた。

データベースには写真もあるが、断定できるほど、三人の顔を記憶していない。

俺はまず大和市のチューの住所に向かった。

東海道新幹線の線路に近い団地が、チューの住居だった。

もともと神奈川県にはベトナム人在住者が多く、関東では東京を別にすれば埼玉と神奈川が二大人口域だ。

その団地は、中国残留孤児やインドシナ難民が多く住むことで知られていた。団地内には、日本語だけではなく、中国語、ベトナム語、クメール語などの看板が並び、独自の料理や食材を売る店もある。

団地内の住人は、多くが神奈川県内の工場で働いており、夜間でも三交代制の勤務についている者が多い。

が、俺が捜すチューは工場勤務はしていない筈だ。そこまでカタギなら、「トコヤミ」で拳銃を増山に渡す仕事を請け負ってはいない。

データベースにあった、団地内の部屋を俺は訪ねた。チューがいることは期待していない。ここに住んでいるのが捜している男なら、銃を渡し殺しまで見届けた以上、しばらくは自分の住居には近づかない筈だ。

部屋にいたのは、母親と思しい、七十歳台の老婆だった。片言のベトナム語と片言の日本語のやりとりを交し、チューが東京の友人の家にいることをつきとめた。

母親を警戒させないように、俺は外国人労働者支援団体の者だと告げた。彼女の話では、三年前にヴァンパイアウイルスに感染するまで、チューは座間市の自動車部品工場に勤めていたという。感染を理由にクビになり、しばらく閉じこもっていたが、同じ団地の住人の紹介で、東京で仕事をするようになった。

それがどんな仕事かはわからないが、工場勤務時代より羽振りがよくなったので、母親は心配していた。〝悪い仲間〟に引きこまれたのではないか、というのだ。

団地内にも以前はそういうグループがいたが、あるとき全員警察に連れていかれ、それきり姿を見ていない。死刑にされたのではないかと疑い、息子もそうなるのではという不安を抱いていた。

逮捕されたとしても、死刑になるほどの罪を犯していた可能性は低いだろうが、感染者だったとすれば、昨夜のミンの話を考えれば楽観はできない。

実際、感染者が刑務所でどのような扱いをうけているかの情報は多くない。ミンの話がただの噂だとしても、そういう伝説が広まれば、感染者は逮捕を免《まぬが》れようと、激しい抵抗をする。服役イコール死だと信じていれば当然だ。さほどの罪を犯していなくても、警察官を傷つけてでも逃走をはかる。

その結果、警察官の感染者への対応はより厳しくなり、警察官と感染者は互いに敵意を抱く。

東京の友人の住所を母親は知らなかった。が、息子の携帯の番号ならわかる、といった。

俺はそれを教わった。位置情報をもとに彼女の息子の顔を確認し、別人ならほっておくまでだ。

団地をでた俺は、横浜市鶴見区のチューの住所に向かった。

京急線の生麦《なまむぎ》駅に近いアパートだった。窓に弱い明りがついているのを確認し、俺はドアホンを押した。いつでも抜けるようにしたシグの薬室には初弾をこめてある。

ドアを開けたのは、日本人の女だった。

「はい」

髪を金髪に染め、たっぷりと肉がついている。Tシャツにジャージ姿だ。

「チューさんのお宅ですか」

「誰？」

俺は警察バッジを見せた。

「夜分にすみません。チューさんとお話をしたいのですが」

女は驚いたようすも見せず、暗い室内をふりかえると、

「チュー！」

と呼んだ。

痩せて小柄な男が姿を現わした。のばした髪をうしろで留めていて、「トコヤミ」にいた者とはちがうとひと目でわかった。

「なに？」

「警察だって。あんた、また何かしたの？」

女は恐い顔でチューをにらんだ。

「何もしてないよ」

チューは首をふった。

「チューさんですか」

「チューです」

データベースにあった写真は、ここまで髪が長くなかった。チューは瞬きし、俺を見つめた。

「一昨日《おととい》、東京にでかけておられませんでしたか？」

「でかけてないね。一昨日はずっと家にいたよ」

ぴしゃりと女がいった。俺は女に微笑んだ。

「申しわけありません。チューさんご本人のお答をお聞きしないと」

「一昨日は体の調子が悪くて、ここにいました。東京にはずっといってないよ」

チューが答えた。

「蒲田《かまた》でボーイをやってたんだけど、チューのことをフ、ク、ロ、にした奴らがいてさ。それからずっと、体の調子が悪いんだ。そいつらをパクんなよ」

女が俺をにらんだ。俺はチューを見た。

「どんな連中です？」

チューは怯えた表情になった。

「よく知らない。感染者はでていけっていわれた。日本の国旗のついた服、着てました」

「外国人の感染者をリンチしてるんだ。日本人の恥だよ」

女は吐きだした。俺は頷いた。

「その通りだと思います」

女は目を丸くした。

「見つけたら、厳正に対処します。お時間をとらせて申しわけありませんでした」

そういう奴らがいる、という話を聞いたことがあった。「ウイルス攘夷主義者」とマスコミには呼ばれている。

悪い病気はすべて外国人がもちこみ、はやらせている。だから外国人感染者を日本から叩きだせ、というのだ。

だが「ウイルス攘夷主義者」が目の敵にするのは、アジア系の外国人ばかりで、欧米系、特に白人には手をださない。白人コンプレックスとアジア人差別意識のかたまりのような連中だ。戦闘服に身を包み、徒党を組んで都内の盛り場に出没しては、宣伝活動をしたり、感染者情報を集めている。

感染者がいると聞くと押しかけて、職場や同僚に嫌がらせをするのだ。場合によっては集団で暴行を加える。

なぜ俺が知っているのかというと、警察官が混じっているという噂があるからだ。実際、警視庁の監察が捜査を始めているらしい。

が、ヘイトクライムと認定されない限りは犯罪にはならず、傷害の現行犯で逮捕しなければ、身許《みもと》を確かめる術はない。警察官であれば尚さら、職務質問のかわしかたを知っている。

鶴見をでた俺は千葉に向かう車の中から、本庁組対総務課に連絡を入れた。組対総務課には二十四時間、捜査に必要な情報を収集するＡＩが設置されている。

ＡＩに氏名とＩＤを告げ、大和市の団地で聞いたチューの携帯電話の位置情報取得を依頼した。

湾岸道路から東関道に入った俺は四街道《よつかいどう》インターで高速を降りた。三人目のチューの住所は千葉県八千代市だった。

八千代市の建設会社の寮がチューの住居で、住所を知った時点で、「トコヤミ」にいた男の可能性は低い、と俺は見ていた。

建設現場で感染者が働くのは難しい。夜間だけの勤務という選択肢もあるが、一般の作業員のために、現場には強力な照明が設置されている。目に負担がかかるそうした現場で感染者が働くのは困難だ。

感染者の作業員が重宝されるとすれば、大規模な照明設備をもちこめない、地下や下水施設などでの作業に限られる。

案の定、千葉県のチューは感染者ではなかった。寮で寝ていたところを起こし、一昨日のアリバイを確かめると、今朝まで福島の現場に出張していたと答え、それが事実であることを、寮にいる別の人間から確認できた。

こうなると、大和市のチューが捜している男だというのを願う他ない。

三人のチューのうち二人が感染者だったという事実は、俺を暗い気持にさせた。二人がどこで感染したのかはわからないが、三人が最低一度は警察に身柄を拘束されていることを考えると、犯罪者に占める感染者の割合は高くなる一方だ。

なぜかといえば、プロの犯罪者は一般人よりはるかに狭い世界で生きているからだ。

暴力団やギャングには縄張りがある。縄張り外での行動は、それが遊びであっても摩擦を生み、抗争の原因となる。コンビニに買いものにいくのでさえ、対立する組織の縄張りだったら控えるのが、連中のしきたりだ。

勢い、仕事だけでなく食事や生活の場もごく限られた範囲になりがちだ。

泥棒や強盗の常習犯は、あえて住居から離れた土地に遠征するが、仕事が終わればまっすぐ地元に帰る。土地勘のない場所でアシがつくような行動は避けるのがふつうだ。

狭い領域に限られたメンバーでいれば、感染はまちがいなく広がる。

ヴァンパイアウイルスの感染は血液からだとされているが、まだ完全に解明されたわけではない。感染者との性行為は、確実にうつるわけではないが、まったくうつらないとも限らない。個人や体調によって、結果が異なる。

同一空間の生活で感染した例があって、それは原因が判明していない。飛沫感染はしないといわれていても、感染者との同席を嫌がる者が多いのはそれが理由だ。

俺も警視庁にいるときは、周囲を緊張させないよう、マスクをつけている。

午前二時、千葉から警視庁に戻った。携帯の位置情報の取得は、キャリア会社が動く朝以降になるという。

誰もいない国際犯罪対策課のデスクで、俺は再びモニターと向かいあった。

ふるい落としたチューの中に、「トコヤミ」で見た男がいなかったのかを確かめ、さらにベトナム人犯罪組織に関する情報にあたる。

ベトナム人組織の存在が日本国内で確認されたのは二〇二〇年代に入ってからだ。

技能実習制度などでベトナムから日本への渡航者が増え、実習とは名ばかりの劣悪な環境での重労働を強いる悪質な日本人業者が多出した。その結果ドロップアウトした者が犯罪に走り、グループ化したのが始まりだといわれている。

一方、ベトナムには以前から密輸やコピー商品、麻薬などを扱う犯罪組織があり、そのメンバーが司法当局の目を逃れるために、留学生などを装って来日するケースもあったらしい。

彼らは日本でメンバーを集め、グループを作った。当初、同じようなベトナム人組織や、日本人、中国人などの組織と対立し、抗争をくり返していたが、警察の取締にあい、組織の合従連衡《がっしょうれんこう》が進んだ。

ベトナム人のみの組織「クィー」が代表的だが、元いた組織から離脱した日本人や中国人と混成したグループもできているという。

俺ははっとした。この情報も、警視庁のメインコンピュータ内の対話型ＡＩが作成したものだ。

ＡＩに、混成グループの情報をどこから得たのかを質問した。

近年拘束し、取調べた複数名の容疑者からの情報とＡＩ独自の予測による、という回答があった。

俺はさらに、混成グループの構成員が、元いた組織を離脱した理由を訊ねた。

「過度な薬物中毒、金銭トラブル、しきたり（掟）違反、ヴァンパイアウイルス感染など」

答が返ってきた。

ヴァンパイアウイルスへの感染を理由に組織を追いだすのは、日本の暴力団だけではないようだ。

「無常鬼」が生まれた理由を見つけた。

犯罪者はもともと世間が狭い。暴力団員は足を洗ったあとも、就職で苦労する。暴対法や暴排条例によって、社会生活を維持するための基本条件、銀行口座の開設や不動産の契約、携帯電話の新規契約などを禁じられているからだ。

むろん抜け道はあって、暴力団員も口座をもち住居を契約する。だが、暴力団員であることを隠しての契約は犯罪になる。ホテルの宿泊やゴルフのプレイであっても、チェックイン時の

「暴力団関係者ではない」という虚偽の申告には詐欺罪が適用される。

暴力団員には人権がない。そのことで構成員を追いつめ、組織が崩壊するように仕向けているのだ。

公安部にいたとき、かつて「転び公妨《こうぼう》」という逮捕法があったと聞いたことがあった。「極左暴力集団」の捜査の際、わざと容疑者にぶつかり転んで、公務執行妨害の現行犯で逮捕するというものだ。

活動家と警察官の対立が激しかった頃の話で、ずいぶんアコギなやりかただと思ったが、組対にきて、暴力団員への対応も負けず劣らず厳しいと知った。

こうした状況下で、属する組織を追いだされた元やくざがさらに厳しい環境におかれることは想像に難くない。

感染が理由で組織から追いだされたやくざや外国人組織の構成員たちが、感染者としての連帯意識をもち、集団を形成することは十分ありうる。

「無常鬼」も、そうして生まれたのではないのか。

きっかけは元いた組織からの追放だ。帰属する場を失い、感染者として今後の生活を模索する中で、仲間を知りグループを結成する。

さらに俺は、トオルについてミンから聞いた話を思いだした。

感染者ばかりを募っている組織が東京にあり、トオルはそこでアタマを張るための情報を集めているという。

それが「無常鬼」なのだろうか。だが、構成員を集めている段階でアタマがいないというのは妙だ。どんな組織でも、二人、三人ならともかく、五人、十人となれば必ずリーダーシップをとる者が必要になる。そうでなかったらグループとしての統制がとれない。

ミンは「東京に」といった。

チューがやはり鍵になりそうだった。

9

翌日、まだ日の高い時間帯にＡＩから、チューの携帯電話の位置情報が送られてきた。

それによると、午前六時から現在まで、足立区綾瀬から移動していない。感染者なので、明るいあいだは閉じこもっているのだろう。綾瀬が、母親のいう「友人の家」にちがいない。

ＡＩによる位置情報の提供には、二十四時間という期間が設定されていて、今日の午前零時から午前五時までのあいだは、足立区、台東区、墨田区を携帯電話は移動していた。

そのうち最も長時間動かなかったのは、墨田区の江東橋四丁目だった。住所で検索すると、該当するのは錦糸町駅前の飲食店などが入る雑居ビルだ。周辺には同じようなビルやラブホテルがたち並んでいる。

日が暮れるのを俺は待った。まず足を運ぶのは、この江東橋四丁目のビルだ。位置情報では、何階にいたのかまではわからない。ベトナム人、あるいは感染者の集まるような店が、この雑居ビル内にある可能性は高く、そこを見つけるつもりだった。

東京におけるチューの住居は綾瀬だ。このチューが、捜している男である可能性が高い以上、住居を訪ねるのは最後だ。面と向かって身分を明したら、逮捕しない限り俺の情報がトオルや他の感染者に伝わることになる。

じりじりする思いで日が暮れるのを待ち、俺はでかけた。

覆面パトカーを江東橋四丁目から少し離れた駐車場に止める。車の形やナンバーを、チューやその仲間に覚えられない用心だ。

雑居ビルは一階がバーで、二階から八階まで、居酒屋やキャバクラ、風俗店などが入っている。その中で五階と七階の店に、俺は目をつけた。

五階は「亜細亜の曙《あけぼの》」という名のレストランだ。ネットで調べると、タイ、ベトナム、フィリピンなどの東南アジア料理を提供する店だとある。

七階は「ケサン」という名のバーだった。

ケサンはサイゴンと同じく、ベトナムの地名だ。

午後六時現在、チューの携帯の位置情報は、足立区綾瀬から動いていない。ＡＩから俺の携帯へと送られてくる情報でそれを確認し、俺はまず五階に上がった。

さまざまな食材や香辛料の匂いで満ちた「亜細亜の曙」は、俺にとって、のぞくのもつらい店だった。

テーブルは約三分の一が埋まっていて、意外なことに客の大半は日本人だ。外国人客は、ホステスと思しいフィリピン人で、日本人の男性客といる者ばかりだ。

その理由を、カウンターの上に飾られた額で俺は知った。「亜細亜の曙」は、一九三八年に出版された子供向けの本の題名で、アジアの盟主たらんとする大日本帝国陸軍の軍事探偵本郷義昭の活躍を描いた、山中峯太郎の活劇冒険小説だったのだ。

ノスタルジーを求めたのだろうが、店名の由来を東南アジアの人間が知れば、快く思う筈はなかった。

俺は早々に「亜細亜の曙」をでて七階に上がった。

「ケサン」は、カウンターが中心の細長い店だった。ざっと二十席ほどあり、その半数が埋まっている。カウンターの中に立っているのはアオザイを着た娘が二人だ。どちらもベトナム人ではなく、日本人か中国人に見える。

客は、ベトナム人とそれ以外が半分ずつといったところだ。

「いらっしゃいませ」

訛のない日本語で迎えた娘に、俺はスコッチウイスキーのストレートを頼んだ。ベトナム人らしい二人組と隣りあうストゥールを選んですわる。ひとりはサングラスをかけていて、明らかに感染者だ。

二人は低い声で話しこんでいた。どちらもウイスキーのグラスを手にしている。

「グリーンボマー」という単語が感染者のベトナム人の口から聞こえ、俺は思わずふりむきそうになった。

「グリーンボマー」は、この数年、急速に活動を過激化させている環境保護ネットワークだ。もともとは北欧で始まり、ヨーロッパ全土、アメリカ、そして中国、日本へと活動範囲が広がっている。

化石燃料を大量消費する企業を標的に抗議活動を展開していたのが、近年、ハッキングや送電線の切断、放火といった、犯罪になるような実力行使に訴えている。ことに中国での「グリーンボマー」の活動は過激で、火力発電所にしかけた爆弾で死者をだしていた。

ネットワーク形態の組織である「グリーンボマー」にリーダーはいない。国単位で分けても、ひとつのグループとは限らず、「グリーンボマー」を自称するメンバーが各自勝手な活動をおこなっている。日本では、環境保護活動への寄付と称して企業を恐喝しようとした、元暴力団員の「グリーンボマー」が逮捕されたケースもある。

「グリーンボマー」を標榜《ひょうぼう》する恐喝行為には、近年、組対も神経を尖らせていた。

ベトナム人感染者の口から「グリーンボマー」の名を聞くとは思わなかった。「グリーンボマー」を自称して、金儲けする計画でも話しているのだろうか。

鋭くなった聴覚のおかげで、声は聞きとれるが、俺のベトナム語の知識では細かな内容までは理解できない。

「いらっしゃいませ」

俺の前に立っていたアオザイの娘がいった。

新たな客が「ケサン」に入ってきた。ふりかえった俺は、その客と目が合った。あっけにとられたように、そいつは立ち止まった。

暴対の班長、岩井だった。「トコヨ」での一件以降、会うのは初めてだ。

俺も驚いた。俺たちは一瞬見つめあった。

岩井はスーツではなく、ラフな皮ジャンを着ていた。俺の隣に腰をおろすと、水割りを注文する。

俺は無言だった。岩井のほうから話しかけてこなければ無視するつもりだ。互いに捜査の邪魔をしたくない。

が、

「何をしてる?」

岩井は低い声で俺に訊ねた。

「酒を飲んでます。そっちは?」

俺が訊き返すと、岩井は硬い表情で、

「知り合いに会いにきた」

と答えた。

「ひとりですか?」

「ひとりだ。ネタをもらう」

硬い表情のままいった。俺は合点した。情報提供者と会う予定なのだ。「ケサン」を指定したのは、その情報提供者だろう。

「例の件で?」

「そうだ。できれば外してほしい」

小声で岩井は答えた。ひとりだとさほどでもないお巡りの匂いは、二人になるとたんに強くなる。情報提供者の立場を考えたのだろう。しかもベテラン刑事は、子飼いの情報提供者の存在を同僚にも隠す。

「わかりました」

俺は短くいって立ち上がった。勘定をすませ「ケサン」をでた。

エレベータを一階で降りると、がたいのいい坊主頭の男がいきなり乗りこもうとしてきた。

「おっと」

俺とぶつかりそうになり、よけた。プロレスラーのような体つきをしている。

「失礼」

俺はいって、エレベータをでた。男は俺をにらみエレベータに乗りこんだ。俺はエレベータが七階に上がるのを見届け、雑居ビルをでた。

覆面パトカーを止めた駐車場に戻り、エンジンをかけたとき、携帯が鳴った。

非通知着信だ。

「はい」

用心して、そう応えるだけにとどめた。

「捜した？　わたしのこと」

マコだった。

「捜しはしないが、あのあとしばらく待った」

「ごめんなさい。急に呼びだされちゃったの」

「そいつは海ほたるまで迎えにきたのか」

「そう」

しれっとマコは答えた。

「何の用だ？」

「怒ってる？　もしかしてヤキモチ？」

おかしそうにマコが訊いた。俺は無言で電話を切った。十秒とたたず、携帯は鳴った。

「途中で切るなんてひどい」

マコはいったが、本気で怒っているようすはない。

「恋人ごっこをやってる暇はないんだ」

「どこにいるの、今」

「移動中だ」

「『ヴァン・ヘルシング』って知ってる？」

「『ヴァン・ヘルシング』？」

「外国人感染者を捜しては痛めつけているグループ。ヴァン・ヘルシングは、『吸血鬼ドラキュラ』にでてくるヴァンパイアハンターの名前」

「そういうグループがいるのは知ってたが、名前までは知らなかった」

「『無常鬼』は、『ヴァン・ヘルシング』のリーダーを狙っている。殺すつもりよ」

「ウイルス攘夷主義者が殺されても、痛くもかゆくもないね」

「刑事なのにそんなこといっていいの？　『無常鬼』を調べているのでしょ」

俺は黙った。

「『ヴァン・ヘルシング』のリーダーの写真を送る」

マコはいい、携帯に写真が送られてきた。

日の丸のついた戦闘服を着ている坊主頭の男だ。

「嘘だろ」

俺はつぶやいた。たった今、エレベータでぶつかりそうになった男だ。

「名前は穂積高信《ほづみたかのぶ》。元自衛官で、『士道塾』という民族主義団体の代表もつとめている。『無常鬼』が狙っているのはこの男よ」

俺のつぶやきが聞こえなかったのか、マコは言った。

「君はどこでその情報を得たんだ。ＵＦＷＤか」

「そんなことはどうでもいい。『無常鬼』が穂積を殺すのを防いで。さもないと、感染者への風当たりはますます強くなる」

「やってもいいが、ひとつ調べてほしいことがある」

「何？」

「『グリーンボマー』と感染者の関係だ」

マコは沈黙した。

「どうした？」

「わたし、あなたのこと見くびってた。こんなに早くそれをつきとめるとは思わなかった」

今度は俺が黙る番だった。「ケサン」で隣りあわせたベトナム人感染者の口から「グリーンボマー」の名がでたことで、何か犯罪をたくらんでいるのではないかと疑っただけだったが、マコの反応はそれを超えている。

うかつなことはいえない。

「原が殺された理由もつきとめたの？」

マコは訊ねた。

「はっきりとはわかっていない」

俺は言葉を濁した。

「『無常鬼』の中にも対立はある。『グリーンボマー』に協力しようという連中と、計画を阻止しようという連中とで、抗争が起きている」

「『無常鬼』にはアタマがいないと聞いた」

「トップはいないけれど、対立するグループそれぞれにリーダー的存在はいる」

「名前を知っているか？」

「そこまでは知らない。感染者じゃないわたしに心を許す人はいないから」

マコはいった。

「穂積を狙っているのはどっちのグループだ？『グリーンボマー』に協力しようとしているのと阻止しようとしているのと」

「協力しようとしている連中よ。当然でしょ。パンデミックが起きれば『無常鬼』の天下になる」

「パンデミック？」

「『グリーンボマー』のテロ計画よ。ヴァンパイアウイルスのパンデミックを起こす。感染者が増えれば、化石燃料の消費はそれだけ抑えられる」

「どうやってパンデミックを起こすんだ」

「協力している学者がいる。常先生を殺したのはそいつじゃないかとわたしは疑っているの」

「何という学者だ？」

「名前までは知らない。でもパンデミックを起こすためには、感染力の強いウイルスを培養する必要がある」

「そんなことができるのか」

「ウイルス学者ならできるのじゃない。ただそれには、いろんな種類のヴァンパイアウイルスを集める必要があって、そのために『グリーンボマー』は、『無常鬼』に接触しようとしている」

マコはいった。俺は疑問がわいた。

「そんなことまでなぜ知っている？」

「『グリーンボマー』の内部にいる仲間から教わった」

「いい加減、正体を教えろ。君はどこの人間なんだ？」

「次に会ったとき」

マコはいい、電話は切れた。

俺は息を吐いた。マコの言葉が真実なら、「グリーンボマー」はヴァンパイアウイルスのパンデミックというテロを計画している。

その情報をもたらしたのが、「グリーンボマー」にいるマコの仲間、つまりスパイというわけだ。

マコがどこかのスパイであることはまちがいない。否定はしたいがＵＦＷＤか、中国国家安全部という可能性もある。

俺は車を降りた。もう一度「ケサン」を訪ねるつもりだ。

「ケサン」の入った雑居ビルの前まで戻ってきたとき、エレベータから降りてくる岩井と穂積の姿が見えた。

岩井は俺に気づいたが、無視した。

「待って下さい」

通り過ぎようとした二人を俺は呼び止めた。

「何でしょう」

岩井が険しい顔で向きなおった。初対面のフリをするつもりか。それならこちらも正攻法でいくまでだ。

俺は身分証を呈示した。

「警視庁組織犯罪対策部の岬田《さきた》という者です。そちらは穂積高信さんですね」

岩井を見ずに、坊主頭に告げた。

「ちょっと待て！」

岩井が鋭い声をだした。

「どういうつもりだ」

俺をにらみつける。俺は岩井に目を移した。

「あなたは？」

「とぼけなくていい。俺のことは知っているだろう。外してくれと頼んだ者だ」

岩井は声を荒らげた。

穂積は無表情に俺を見つめている。

「そうなのですが、岩井さんの情報提供者が穂積さんだとわかって、状況がかわりました」

俺はいった。

「情報提供者？」

穂積が口を開いた。岩井を見る。

「俺のことをいっているのか」

岩井があわてたようにいった。

「ここは私に任せてくれ」

穂積にいう。

「そうはいかん」

穂積は首をふり、俺の目をのぞきこんだ。

「あんた、紫外線遮断コンタクトをはめているな。もしかして感染者か」

「そうですが何か？」

穂積は岩井をふりかえった。

「こいつがあんたのいっていた、感染者の刑事か」

岩井は狼狽《ろうばい》した表情になった。

「私のことを話したのですか？」

俺は岩井を見つめた。岩井が俺に歩みより、耳もとでいった。

「悪いがここはひいてくれないか。俺の立場もある」

「どういう立場です?」

俺は岩井を見つめた。岩井の目が厳しくなった。

「お前、刑事の仁義ってものがあるだろう」

「なるほど。穂積さんが岩井さんの情報提供者なら、お二人の邪魔はしません。しかし穂積さんはご自分のことをそう考えてはおられないようだ」

「密告屋などに成り下がった覚えはない」

穂積は吐きだした。

岩井は一瞬目を閉じた。開くと、

「覚えてろよ」

と俺にいった。俺は無視し、穂積に目を移した。

「穂積さんは『ヴァン・ヘルシング』というグループについてご存じですか」

岩井が目をみひらいた。

「『ヴァン・ヘルシング』――。聞いたことのある名だ」

穂積はいった。

「あなたが率いておられる『ウイルス攘夷主義者』のグループの名です」

「お前、どこからそれを――」

岩井がいいかけたのを穂積は手で制した。二人の関係は、明らかに穂積のほうが上だった。

「外国人のウイルス感染者に対して快い気持をもっていないのを認めるのは、やぶさかではない。彼らが我が国を汚染し、その結果、犯罪者は増える一方だ」

穂積はいった。そして目を細めた。

「まさか君は警察官でありながら、同じ感染者だという理由で、彼らの肩をもつのか」

「私は誰の肩ももちません」

フン、と穂積は鼻を鳴らした。

「日本人なのに、日本をよりよくしたいという気持がないのか」

「私の個人的な考えはこの際、どうでもいいことです。穂積さんに申し上げたいのは、あなたの生命に危険が及ぶかもしれないという情報があります」

俺はいった。先に岩井が反応した。

「何だと？　どういうことだ」

「感染者のグループが、穂積さんの暗殺を計画しています」

「どうせ不良外国人の類だろう」

穂積がいった。

「外国人だけではありません。日本人もメンバーにいる感染者のグループです」

「何というグループだ?」

岩井が訊ねた。俺は岩井を見た。

「あなたと穂積さんの関係は何なんです？　刑事と情報提供者には見えません」

「お前には関係のないことだ」

岩井は肩をそびやかした。

「なるほど。であるなら、私も岩井さんの質問に答える必要はありませんね」

「岬田！」

岩井は俺をにらんだ。

「何でしょう」

俺は岩井を見返した。

「後悔するぞ」

岩井は低い声で吐きだし、穂積の肩に手をかけた。

「いきましょう。こんな奴にかかわるのは時間の無駄です」

穂積は何かいいたげに俺を見た。が、言葉を口にすることなく、岩井とその場を離れていった。

10

二人がタクシーを拾い、乗りこむのを見届けて、俺は七階の「ケサン」に上がった。あのベトナム人二人組はまだカウンターにいた。

たぶん俺の表情がよほど険しかったのだろう。隣に腰をおろしたとたん、二人は目配せを交し、立ち上がった。

「待って下さい」

俺はいい、掌に隠した警察バッジを感染者のベトナム人に見せた。

「店の外でかまいませんから、少しお話を聞かせて下さい」

「わかりました。その前に電話をかけてもいいですか」

日本語を話せないととぼけるかと思ったが、男は流暢《りゅうちょう》な日本語で答え、携帯をとりだした。操作し、でた相手に早口のベトナム語で何ごとかを告げる。

俺と二人のベトナム人は「ケサン」をでて、七階のエレベータホールで向かいあった。

「何でしょう?」

「『グリーンボマー』についてお訊きしたい」

俺は単刀直入にいった。感染者どうしで、腹の探り合いは無意味だ。

「『グリーンボマー』?」

「先ほど、お二人でその話をされていましたね。お二人は、『グリーンボマー』に所属されているのですか」

感染者のベトナム人は首をふった。

「ちがいます」

「では何でしょう?」

「仕事をしないかと誘われているんです」

「『グリーンボマー』の人間に、ですか?」

ベトナム人は頷いた。

「どんな仕事です?」

「それはまだわかりません。仕事をするといわなければ、教えてもらえないのです」

「その話をあなたにもってきた『グリーンボマー』のメンバーの名前を教えていただけませんか」

「嫌です」

ベトナム人は首をふった。

「その人は、私にとてもよくしてくれる。あなたもわかる筈だ。ベトナム人感染者に親切な日本人は少ない」

「日本人なのですね」

俺がいうと、ベトナム人はしまったという表情を浮かべた。

「もういいでしょう。私たち、何も悪いことしていません。クスリもピストルも、もっていない。調べてもいいです」

もうひとりのベトナム人が会話に割りこみ、両手を広げてみせた。

「わかりました。ご協力を感謝します」

俺はいって頭を下げ、エレベータのボタンを押した。二人は「ケサン」に戻ろうと、踵を返した。

「帰る前に忠告させて下さい」

俺はいった。二人は足を止めた。

「さっき、あなたがたの近くに、ショートカットで体の大きな日本人がすわっていたと思います」

二人は無言で頷いた。

「彼は、外国人感染者を嫌っている日本人グループのメンバーです。この店のことを聞いて、下見にきたのかもしれません。次は、集団で嫌がらせにやってくる可能性があります」

「本当ですか？」

感染者のベトナム人は目をみひらいた。

「本当です。この店にくる、感染者の知り合いがいるのなら、その人たちにも伝えて下さい」

ベトナム人は顔を見合わせた。

「わかりました」

上がってきたエレベータに俺は乗りこんだ。扉が閉まるまで、ベトナム人は俺の顔を見つめていた。

雑居ビルをでた俺は覆面パトカーに戻ると、チューの位置情報を確かめた。まだ足立区の綾瀬から動いていない。位置情報の住所を検索した。高層の公営アパートだ。

俺はそこに向かった。

「ケサン」にいた、感染者のベトナム人が「グリーンボマー」に仕事を誘われているという話がどこまで信用できるかはわからないが、パンデミックを起こすためにウイルスを集めているというマコの話と矛盾はない。

問題は、殺された原がそれとどう関係していたかだ。

マコは、原は「無常鬼」と接触していた疑いがある、といった。が、原は感染者ではなかった。「無常鬼」が原を「トコヨ」に呼びだした理由は何だ。殺すためだけだったら、わざわざ

「トコヨ」に呼びだす必要はない。

「無常鬼」には二つのグループがあって、その間で抗争が起きている、とマコはいった。

原を撃ったのは感染者の増山だ。増山にそうさせたのは「無常鬼」だろうと俺はにらんでいた。

とすれば、こういうことだ。原を呼びだした人物と、増山に殺させた人物はどちらも「無常鬼」のメンバーだが、別の人間だ。

呼びだした人間は、原に何かをさせるか、情報をひきだそうとした。殺させた人間は、それを阻止したかった。

原は「無常鬼」の内部抗争に巻きこまれ、殺された。マコからの情報をもとにした想像だが、おおむね当たっているだろう。

あとはそれを裏づける情報をチューから引きだすだけだ。

チューの住む公営アパートの近くに車を止めたのは、午後十一時近くだった。位置情報に変化はない。

シグの薬室に初弾を装塡し安全装置をかけて、俺は覆面パトカーを降りた。チューが「トコヤミ」で増山に道具を渡した犯人なら、警察官だと名乗ったとたん攻撃してくるかもしれない。

十八階だての公営アパートが二棟並んでたっている。このうちの一号棟だというのだけはわかっていた。部屋はチューの携帯を呼びだして、居場所を確認するつもりだ。

一号棟の前まできて、俺は足を止めた。見覚えのある白いメルセデスが路上駐車していた。横浜ナンバーで、「Vampire」という血の色のシールが貼られている。

トオルの車だ。

なぜトオルがここにいるのだ。トオルの縄張りは、川崎市から横浜市にかけての東京湾岸区域だ。足立区の綾瀬とは大きく離れている。

縄張り外の綾瀬にトオルがきている理由は、俺がこれから会おうとしているチューに関係があるとしか思えない。

引き返すか。俺は迷った。

トオルがチューといれば、俺が刑事であるとバレる。それはミンを含む「サイゴン」の連中にも俺の正体を知られることを意味する。

だがトオルがここにきたのが「無常鬼」の指示なら、その活動について知る大きなチャンスだ。

何とかトオルに正体を知られず、探りを入れられないものか、俺は考えた。

駄目だ。ドライバーを自称している俺が、荷ももたずにチューに会いにいく理由を思いつかない。

そのとき、一号棟の玄関に複数の人影が見え、俺は近くの植え込みに身を隠した。

トオルとその手下二人だった。三人は周囲を気にしながら一号棟をでてくると、足早にメルセデスに乗りこんだ。チューらしき男の姿はない。

メルセデスはその場から走り去った。俺は携帯をとりだした。チューの携帯は移動していない。

嫌な予感がした。チューの携帯を俺は非通知で呼びだした。応答はなく、留守番応答サービスに切りかわった。

電話を切り、一号棟に入った。エレベータホールの手前の管理人室に人の姿が見えた。椅子にすわり、テレビをつけたままうたた寝をしている爺さんだ。

管理人室の窓を叩くと、目を開いた。

「什么《シェンムア》?」

ねぼけていたのか、中国語で何だと訊ねた。中国人のようだ。俺は警察バッジを見せた。

「この棟にいるベトナム人を捜しています」

「ベトナム人? いっぱいいるよ。ミャンマーやラオスもいる」

爺さんは訛のある日本語で答えた。俺は警視庁のデータベースにあった、チューの顔写真を見せた。

「この男です」

爺さんは首から吊るしていた老眼鏡をかけ、写真をのぞきこんだ。

「十一階にいる人に似てる。1108号室」

「1108号室ですね。ありがとうございます。ところで、たった今ここをでていった三人組を見ましたか」

「三人組?」

爺さんは眉をひそめた。

「赤いカラーコンタクトを目に入れた連中です」

「いいや」

爺さんは首をふった。

「防犯カメラに映像が残っている筈ですが」

「カメラは壊れているよ。直しても直しても、ワルガキがすぐイタズラする」

爺さんは手をふり回し、いった。

「玄関のも、エレベータのも、全部壊れてる。あなた警察なら、つかまえて下さい」

俺は息を吐いた。

「ご協力、感謝します」

エレベータに乗りこんだ。手袋をだし、両手にはめる。

１１０８号室の前にくると、ドアホンを押した。中で鳴っている音は聞こえたが、返事はない。

拳銃を右手にもち、左手でドアノブをつかんだ。鍵はかかっていなかった。

声をかけながらドアを開いた。いきなり撃たれる可能性も考え、体はドアの陰だ。

「チューさん、警察の者です」

散らかった室内と、大の字に横たわる男の体が見えた。グレイのスウェットの上下が、赤く染まっている。

死んでいる男の顔を俺は見つめた。「トコヤミ」で見た三人組のひとりのようにも思えたが、自信はなかった。

銃を手にしたまま室内に入り、手早く中をあらためた。他に人はいなかった。

俺は時計を見た。前川課長はまだ起きている筈だ。課長の携帯を呼びだした。

「どうした？」

「『トコヤミ』で増山に道具を渡したと思われるベトナム人の住居をつきとめ、訪ねたところ、殺されているのを発見しました。綾瀬の公営アパートです」

「通報はしたか」

「まだです」

告げて、俺はここを訪れる前に「ケサン」で岩井とばったり会った話をした。

「このヤマはまだ暴対ですか」

「暴対が担当している」

「ということは、岩井班長の担当ということですね」

「岩井班長は、ネタをもらう、と君にいったのだな」

「はい。その情報提供者は、『ヴァン・ヘルシング』という名のウイルス攘夷主義者の団体のリーダーでした」

「ウイルス攘夷主義者だと……」

課長は黙りこんだ。

「そのまま待っていてくれ」

俺はチューの死体を見おろす位置で待った。

喉を切り裂かれている。血はまだ固まっていない。殺《ヤ》ったのはおそらくトオルたちだ。

他の電話を使って連絡をとっていたらしい課長が通話に戻ってきた。

「岩井班長は身内の用事があるとかで、今日は早上がりしたそうだ。連絡すれば、そこに直行することになる」

「どうしますか」

「詳しい住所を教えてくれ。私から通報しておく。君はすみやかにそこを離れろ」

「了解しました」

住所を伝え、俺は電話を切った。チューの母親のことが頭に浮かんだ。彼女の不安は適中してしまった。

一階に下り、管理人室の前を通った。爺さんは再び眠りの世界にいた。

11

翌日の夕方、前川課長が俺の自宅を訪ねてきた。

俺は、耐えられるぎりぎりまで明るくしたリビングで課長と向かいあった。自宅までくるといったのは、課長のほうだ。

二重にマスクをつけた課長は殺風景なリビングで俺と向かいあった。

「聞かせてくれ」

俺は話していなかったマコとの出会いも含めて、課長にこれまでの経緯をすべて話した。

聞いているうちに、もともと深い課長の顔の皺がさらに深くなった。

「すると君は、そのマコという女の情報をもとに捜査をおこなっていたのか」

「マコはおそらく中国情報機関の人間です。原の殺害に『無常鬼』がかかわっているという、彼女の情報は信用できると思います。昨夜、チューを殺したのも、『無常鬼』にかかわっている可能性のある、ベトナム人ギャングでした。ベトナム人感染者の情報に詳しい、川崎のバー『サイゴン』のマスターの話では、そのギャング、トオルは『無常鬼』の中でアタマを張ろうと考えているようです」

「そのトオルがチューを殺した理由は何だ?」

「おそらくは口封じです。チューは原の殺害に協力しました。原を殺させた犯人は、『無常鬼』の内部抗争にかかわっています。チューの口から自分たちの活動に関する情報が洩れるのを防ごうと考えたのでしょう」

俺が課長の質問に答えると、課長はそれが癖の、低い唸り声をたてた。

「これまでのところ、増山とマル害の原との接点は見つかっていない。君がいうように、『無常鬼』が原を殺させたのだとして、その動機は何だ?」

「それはまだわかりませんが、マコのいっていた『グリーンボマー』のテロ計画と何か関係があるかもしれません」

「テロ計画。本当にそんなものがあると君は思うのか」

「マコは、初めて会った晩から俺の正体を見抜いていましたし、協力をもちかけてきました。中国の『グリーンボマー』の活動は過激です。情報機関としては、日本の刑事の協力を仰いででも、テロ計画を阻止しようと考えて不思議はありません」

マコが明林のことを口にしたのを課長に告げるつもりはなかった。明林と俺とのあいだに起きたことを、警視庁で知っているのは課長だけだ。明林とマコに関係があるなどといえば、捜査に私情をもちこんでいると思われるだろう。そしてそれは正しい。

マコと明林の関係を、俺は何としても知りたかった。

「『グリーンボマー』のテロ計画が、ヴァンパイアウイルスのパンデミックを引き起こすことだとして、なぜ中国情報機関が、日本でそれを阻止しようと活動しているのだ?」

課長は訊ねた。それについて俺も考えていた。

「中国におけるヴァンパイアウイルスの封じ込めは過激です。感染者は、犯罪者であるかどうかを問わず、ただちに拘束、隔離されると聞いています。パンデミックを引き起こすためには、感染力の強いウイルスが必要です。ウイルスを集め変異させ、培養することまで考えると、中国では難しいと思われます。感染者は拘束を恐れ、感染したことを隠して閉じこもるでしょうし、『トコヤミ』のような駆けこみ寺もないか、あっても当局の取締の対象になる。そのため、日本で、ウイルスを手に入れることを『グリーンボマー』は考えたのだと思います。日本で集めたウイルスを変異させ、生物兵器レベルの感染力をもたせた上で、中国にもちこみバラまく」

「日本ではバラまかないのか?」

「バラまくとしても中国にもちこんだあとでしょう。日本で先にパンデミックが起これば、中国政府は日本との往来を遮断します」

「なるほど。一理ある」

課長は頷いた。

「マコの話では、テロ計画に協力しているウイルス学者がいて、その人物は常先生の殺害にかかわった可能性がある、ということでした」

「常炳徳医師のことをいっているのか」

「そうです。二年ほど前に亡くなり、所轄署は自殺と断定しましたが、それは怪しいと俺も考えています」

課長は再び唸り声をたてた。初めて聞いたときは、どこか体の具合でも悪いのかと思った。

「そのマコという工作員と連絡をとれるのか?」

「いつも向こうから一方的に接触してくるので、こちらから連絡はとれません」

「次に会ったとき、身柄を拘束してはどうだ? 君の立場を知っているのだろう」

「向こうの信頼を失います。中国大使館がでてきて釈放するようもちこまれたあげく、情報が一切得られなくなるでしょう。工作員である以上、どんなに絞りあげても何も吐かないでしょうし」

「そんなに気合が入った工作員なのか」

「体を使って『トコヤミ』に入りこんだくらいです」

「君にも使ったのか」

課長の目が鋭くなった。

「いえ。俺とは一定の距離を保っています。利用していると俺に思われないためではないでしょうか。マコにとっても、日本での活動には俺の協力が必要です」

「もちつもたれつということか」

俺は頷いた。課長は息を吐き、話をかえた。

「綾瀬のアパートだが、死亡していたのは、ホアン・ヴァン・チュー、三十八歳。神奈川県大和市に居住しているベトナム人だった。死因は刃物による出血多量で、凶器は現場から見つかっていない。アパートの契約者は、ホー・ティ・ハンという、綾瀬駅前のスナックで働くホステスだ。ハンとチューは、二人が座間市の自動車部品工場で働いていたときの知り合いで、この二ヵ月、半同棲状態だったようだ。ハンには別れた亭主とのあいだに子供がいて、ベトナムにおいて出稼ぎにきている。暴対は、スナックでのアリバイのあるハンが犯人ではないものの、犯人を手引きした疑いがあるとして取調をおこなっている」

「ハンとギャングの関係は？」

「ハンが働くスナックにはベトナム人の客はきていないらしいし、元亭主もちがうようだ」

「だとすれば、見当ちがいです」

俺はいった。

「岩井班長は、チューが『トコヤミ』で増山に道具を渡したという君の情報を信用していないようだ。チューの殺害は『トコヨ』での事件とは無関係な、ベトナム人ギャング団の内部抗争によるものだと考えている」

「課長は岩井さんに会ったのですか」

「私が現場から通報したのだから、当然だ。君からチューの情報を得て会いにいき、そこで死体を見つけたことにした」

「岩井さんは信じましたか」

「どういう経緯かに興味はないようだった。君はどうしたのか訊かれ、神奈川に訊きこみにいっているといっておいた」

管理人の中国人の爺さんから俺が訪ねたことがバレるかもしれない。爺さんが喋れば、だが。

「錦糸町で私と会ったことはいいましたか」

「いいや。何もいわなかった。正直、君に好意をもっているという印象はない」

俺は苦笑した。だいぶ控えめな表現だ。

「『ヴァン・ヘルシング』について訊かなかったのですか」

「殺しの現場でもちだせる話題じゃない。それで今後、君はどう動くつもりだ？」

「チューを殺したトオルについて洗います。トオルは『無常鬼』の一派、『グリーンボマー』に協力している連中とおそらくつながっています。『グリーンボマー』への協力を拒んでいる側の『無常鬼』メンバーと接触できれば、より多くの情報を得られると思います。つまり、トオルの属する一派と対立しているグループです」

「どこでその情報を得る？『トコヨ』も『トコヤミ』も営業停止中だ」

「先ほど話した、バー『サイゴン』です。経営者のひとりは感染者で、トオルも顔をだしています」

「そのマコという工作員もか？」

「いえ。マコとそこで会ってはいませんし、マコの口から店の名がでたこともありません」

課長は目を閉じ、考えこんだ。あまり長く考えているので、眠ってしまったのではないかと俺は疑った。俺にとっては眩しい室内も常人には眠けを誘われる暗さだ。

目を閉じたまま課長は唸った。目を開け、いった。

「君が中国の工作員と協力関係にあることは、絹谷管理官にもしばらく秘密にしておく。『グリーンボマー』のテロ計画については、公安部に何か情報がないか探りを入れてみるが、たとえあったとしても、よほどのことがない限り知らせてくることはないだろうな」

「よろしくお願いします。それと、常先生が亡くなったとき、警察に対応した人物が誰だったのかを調べてほしいのですが」

常先生は独身だった。ゲイだったのは知っていたが、パートナーがいたかどうか俺は知らない。

「所轄はどこだ?」

「大塚署です」

「記録を当たってみよう。わかったらすぐに知らせる」

いって課長は立ち上がった。リビングを見回し、

「もっと散らかっていると思っていたが、意外にきれいにしているな」

とつぶやいた。

「死んだあと、他人に手間をかけたくないので」

俺は答えた。

「感染者が早死にするとは聞いていないが?」

課長は眉をひそめた。

「感染者の刑事がどれくらい生きられるかのデータはありません」

課長は唸った。そして何もいわずに俺の部屋をでていった。

九時半になるのを待ち、俺は川崎に向かった。前回とはちがう駐車場に車を止め、「サイゴン」の扉をくぐった。

時間が早いせいか、俺には明るすぎる店内で食事をしている客が数組いるだけだ。

コンタクトをつけているので何とか我慢できる。カウンターにはサングラスをかけたミンが仏頂面で立っていた。

「よう」

「また川崎で仕事か?」

ノンアルコールビールの缶をカウンターにおき、俺が頷くと、封を切ってよこした。

「今日は仕事じゃない。ベトナム人が殺されたって話をあんたにしにきた」

あたりを見回し、俺は低い声でいった。感染者らしい客はいない上に、食事をしているのも皆、カタギに見える。

「何だってそんな話を俺にする?」

ミンはサングラスの奥から俺を見つめた。

「殺されたのはチューといった。上野でやくざ者が死んだとき、その場にいた」

かまわず俺はいった。ミンは首をふった。

「チューなんて奴は腐るほどいる」

「ホアン・ヴァン・チュー。感染者だった」

ミンは黙った。やがて訊ねた。

「殺したのは警察か」

「トオルだ」

ミンは息を吐いた。そしてカウンターのハネ戸を上げ、外にでると、

「表で話そう」

と裏口の扉を示した。

ミンが裏口の扉を開いた。積まれたビールケースのすきまをネズミが駆け抜けた。俺が先に裏口をでて、ミンがつづいた。扉が閉まると、あたりはちょうどいい暗さになった。

ミンがいきなり俺の喉をつかみ、ビールケースの塔に俺を押しつけた。

「何者だ。お前」

左手でサングラスを外し、俺の目をのぞきこんだ。血が止まり、こめかみが脈打った。

「ドライバーなんかじゃないだろう。イヌなのか、え?」

俺は喉をつかまれたままシグを抜き、ミンのわき腹に押しつけた。

ミンの目がシグを見た。喉を絞めつけていた力がゆるんだ。

「やっぱりイヌか」

「あんたを信用できると思っているから話した」

「どういう意味だ?」

俺はシグをおろした。

「トオルがいっていたデコスケというのは確かに俺だ。上野で死んだやくざ者に道具を渡したのがチューだった。やくざ者は、原という外務省の役人を撃ち殺し、逃げようとしたところを

俺に止められて自殺した」

　ミンは無言だ。

「トオルは、あんたのいっていた、感染者ばかりを集めた組織に属している。殺された原という役人を上野に呼びだしたのも、そいつをやくざ者に殺させたのも、そしてチューの口をトオルに封じさせたのも、全部同じ組織だ」

「それがどうしたっていうんだ」

　ミンは低い声で訊ねた。

「殺された役人は感染者じゃなかった。呼びだされて上野にいたんだ。なぜ呼びだされ、なぜ殺されたのかを知りたい」

「なぜ俺が知ってなけりゃならん？」

「あんたは情報通だ」

「だとしても、俺がイヌのいうことを聞く理由は何だ？」

「平和が好きだからだ。いったよな。うまいもんを食って酒を飲み、たまに女を抱けりゃ、それ以上は望まないって。感染者にとってうまいもんが何なのか、俺は知らないが」

　ミンの口もとがわずかにゆるんだ。

「『サイゴン』の飯だ。決まってるだろう」

　そして俺の首から手を離した。

「トオルがチューを殺ったというのは本当か？」

「本当だ。昨夜俺は、チューのいる東京の公営アパートにいった。トオルたちがでてきた直後にチューの部屋を訪ねると、喉をかき切られていた」

「警察はトオルを追っているのか」

「まだだ。事件を担当している刑事は、ベトナムギャングの抗争を疑っている」

「お前がその刑事じゃないのか」

「俺が調べているのは『無常鬼』だ。感染者の組織さ」

ミンは目を細めた。

「感染者のくせに感染者をパクろうってわけか」

「『無常鬼』はふたつに割れていると聞いた。ヴァンパイアウイルスをばらまこうとしているテロリストに協力している集団と、それに反対している集団だ。あんただったら、どっちを選ぶ？」

俺はミンを見返した。そしてつづけた。

「感染者がもっと増えれば差別はなくなるかもしれないが、対立が起きる。夜に生きる奴と昼に生きる奴のあいだで戦争になるかもしれん。あんたはそんなことを望まない、ちがうか？」

「お前はどっちだ？」

ミンは訊いた。

「あんたと同じだ。戦争なんか望んじゃいない。感染者だからワルだと決めつける奴には腹が立つが、同じ感染者だからとワルを見逃すつもりもない」

「キレイごとをいうんじゃねえ」

ミンは冷ややかにいった。

「俺は日本でただひとりの感染者の警察官だ。キレイごとでも何でも、自分の考えにこだわっていなけりゃ生きていられない。同じ警察官にも白い目で見られ、トオルのような奴らには目の敵にされる」

ミンは俺の目をのぞきこんだ。

「俺をイヌのスパイにしようってのか」

「スパイじゃない。戦争が起こらないように協力してほしい。『無常鬼』のメンバーにつないでくれ」

「つないだらどうする？」

「テロリストに協力している奴のことを知りたい」

ミンは黙りこんだ。やがていった。

「お前の携帯の番号を教えろ」

俺は携帯をだした。

「あんたの番号にかける」

ミンがいった番号を呼んだ。ミンは小さく頷いた。

「誰かが連絡する。お前を殺す奴か、協力する奴か、それは俺にはわからない」

「わかった。感謝する」

ミンは首をふった。

「今日限り、お前は出禁だ。二度と『サイゴン』にくるな」

12

考えたのだ。

「サイゴン」を出入禁止になったのは痛いが、トオルを調べていれば、正体がバレるのは時間の問題だった。そうなってから叩きだされるより、いちかばちか直接ミンに当たってみようと考えたのだ。

東京に戻る途中、俺はかつての同僚の、山下という男の携帯を呼びだした。警視庁公安部の外事二課にいたが、四年前からＮＳＳ《国家安全保障局》に出向している。警視庁を離れているからか、もともとそういう奴なのか、俺が感染者になったのを知っても縁を切らなかった数少ない知り合いだ。

「元気か、夜刑事《ヨルデカ》」

電話にでるなり、山下は訊ねた。夜しか活動のできない俺を、皮肉屋の山下は「ヨルデカ」と呼んでいる。

「まだ生きてる。そっちはどうだ」

「ご同様さ。しかも残業中だ」

「働いているのが俺だけじゃないとわかって嬉しいぜ。あとどれくらいで体が空く?」

「その気になれば、十分か十五分だ。一杯やりたいのか」

「情報が欲しい。あんたしか頼める相手がいない」

「俺にクビになれってか」

「なったら親父さんは大喜びだ」

山下の実家は、浅草の老舗のうなぎ屋だった。父親はひとりっ子に跡を継いで欲しがっている。

「勘弁しろよ。今さら裂きと焼きの修業をしろってか」

「お前が跡を継いだら、死ぬ覚悟で食べにいく」

「やめときな。フグならともかく、うなぎで命を落とすことはない」

いって山下は笑い声をたてた。

「三十分後に『サム』にこられるか」

「サム」は有楽町の高架下にあるパブだった。いつも混んでいて、騒がしい。だから逆に周囲の目を気にせず、話ができる。

「面パトを戻していく」

俺は答えて桜田門に向かった。

警視庁の駐車場に覆面パトカーをおき、有楽町までは歩くことにした。

警視庁をでて三百メートルほど歩き、近道をするために日比谷公園に入った。夏のデートスポットも、冬の夜中となると人けがない。

植え込みにはさまれた通路を進んでいると、不意に暗がりからとびだしてきた男たちに囲まれた。四人いて、全員スーツ姿だが目出し帽をかぶっている。しかも特殊警棒を手にしていた。

「何だ?」

俺がいったとたん、ひとりが無言で殴りかかってきた。それをよけると、うしろから羽交い絞めにされた。

別の奴が俺の鳩尾《みぞおち》に特殊警棒をつっこんだ。

俺は地面に膝をついた。胃の中身が口から飛びだした。

別の奴が俺の髪をつかんだ。

「わかってるよな。なんでこんな目にあうか」

耳もとでいった。俺は何もいい返せなかった。首すじに特殊警棒が叩きつけられ、俺は倒れた。背中を膝で押さえつけられる。

「さっさと別の仕事を探せ。お前みたいな奴がいていい職場じゃない」

俺は腰からシグを抜こうとした。が、別の奴が俺の手をひねり上げ、奪った。シグはランヤード《吊り紐》で腰のベルトにつながっている。切るのは容易じゃない。それがわかっているからか、そいつはシグから弾倉を抜き、薬室が空なのを確認した。ついでに空のシグの銃口を俺の額に押しつけた。

「次はこれを使う」

低い声でいった。

「ふざけるな」

ようやく俺は声をしぼりだした。

「警察官の風上にもおけないようなクズが」

返事は、後頭部に叩きつけられたシグの銃身だった。目がくらみ、俺は地面に顔を伏せた。

シグと弾倉が投げだされ、男たちがいなくなった。

土の味を嚙みしめながら体を起こし、シグに弾倉を詰め、初弾を薬室にこめた。戻ってきたら問答無用で撃つ。

だが襲った奴らは戻ってこなかった。俺は五分ほど、その場を動けずにいた。動けるようになると、洋服の泥をはらい、フラつく足を踏みだした。

「サム」には約束より二十分ほど遅れて着いた。山下はビールのジョッキを手に、外におかれたストーブのかたわらにいた。

「待たせたな」

俺はいって、山下の隣の椅子にへたりこんだ。今日は比較的空いていて、ストーブがあるといっても、外で飲んでいる客は少ない。

「転んだのか」

山下は眉をひそめた。

「転ばされた。待ち伏せされたんだ」

俺はいって、つづけた。

「悪いが、スコッチのストレートをもらってきてくれ。ダブルで頼む」

山下は首をふり、ジョッキをテーブルにおくと店内に入っていった。

戻ってきてウイスキーのグラスをさしだした。

「ありがとう」

グラスを掲げ、半分ほど飲んだ。味わわされた屈辱への怒りがさらに激しくなった。目を閉じ、腹の中の火がその怒りを吞みこむのを待った。

落ちつくと、目を開いた。

「誰にやられた？」

山下が訊いた。

「スーツに目出し帽をかぶった奴らだ。桜田門から俺をつけてきたみたいだ」

「か、カイシャの人間か」

山下は目をみひらいた。俺は頷いた。

「おそろいの特殊警棒をもってやがった」

山下は首をふった。

「お前をつきあいやすい奴だとは思わないが、そこまでやることはないだろう」

「昔より人気がなくなったみたいだ」

俺はいって残りのウイスキーを飲み干した。

「お代わりをもらってきてやる。あと、ミネラルウォーターか？」

「頼む。ここには俺を好きな奴がいたよ」

「サキさんのことを、昔からお慕い申しあげておりましたのよ」

山下は声色で答え、店内に入った。戻ってくると、ストレートのグラスとミネラルウォーターのペットボトルをテーブルにおいた。

「で、俺をクビにする用事は何だ？」

山下が戻るまでのあいだに、外にいた他の客が帰り、俺たち二人だけになった。

「『グリーンボマー』のテロ計画について、何か聞いてないか」

山下の浅黒い顔が無表情になった。あたりを見回し、俺の隣の椅子に腰かけた。

「いきなりそれか」

「聞いているんだな」

山下は顎に触れた。ヒゲの濃い男で、毎朝剃っているのに、夜になるとざらざらと音をたてるほどのびる。

「二ヵ所から警告があった。オーストラリアと中国だ」

低い声でいった。

「どっちも情報機関か？」

俺の問いに山下は頷いた。

「テロ計画の中身は？」

「バイオテロだ」

答え、山下は試すように俺を見た。

「ヴァンパイアウイルスのパンデミックをひき起こす」

俺はいった。山下は息を吐き、横を向いた。

「組対にまでそんな情報が届いているのか」

目を合わさずに訊ねた。

「知っているのは、俺と課長だけだ」

俺が答えると、山下はさらに声をひそめた。

「うちの調査では、計画には日本人のウイルス学者がかかわっているらしい」

「そいつの名は?」

「スギト」

「どこかの研究者なのか?」

「そうらしいが、大学や製薬会社の研究室の記録に名前はない。オーストラリアで中国系の感染者からウイルスサンプルを集めていたという情報があるだけだ」

ヴァンパイアウイルスは、人種によって感染力に差がでるといわれている。黄色人種は最も感染しやすく、つづいて白人、黒人の順だ。

「それはいつの話だ?」

「去年だ。出入国記録を調べたが、該当する者はいなかった。スギトが偽名なのか、偽造パスポートを使ったかのどちらかだ」

「今はたぶん日本国内にいる」

俺はいった。

「日本でもサンプルを集めているのか」

山下の問いに頷き、俺はつづけた。

「感染者の組織がそれに協力している」

山下の表情が険しくなった。

「『無常鬼』か」

「知ってるのか」

「調べろとケツを叩かれているんだ」

「俺の知っていることを教える」

いって、俺は「無常鬼」についてわかったことを話した。

「これは未確認だが、『無常鬼』は中でふたつに割れている。『グリーンボマー』のテロ計画に協力しようという派とそうじゃない派と」

「まだ公表されてないが、何日か前に外務省の下級官僚が上野で殺されたという情報があって『無常鬼』との関連を疑っている」

山下がいった。

「現場に俺はいた。殺ったのは、感染が理由で組を破門になった、増山というマルBだ。増山は、その店に呼びだされていた外務省の原を撃ったあと、逃げるのを俺に邪魔され自殺した」

「なぜマルBが外務官僚を殺す?」

「おそらく『無常鬼』の指示だ。原は『無常鬼』に弱みを握られ、現場の店に呼びだされた」

「殺すためか」

山下の問いに、俺は首をふった。

「いや、殺すだけならわざわざ呼びだす必要はない。呼びだしたのは、原から何かを訊きだそうとした『無常鬼』の人間で、殺させたのはそれを阻止しようとした人間だと俺は考えている」

「だからふたつに割れている、と?」

「そうだ」

山下は息を吐き、ビールを飲んだ。

「厄介だな。環境テロリストと感染者組織か」

「『グリーンボマー』の目的は、中国でパンデミックを起こすことらしい」

「中国の化石燃料使用量は世界トップクラスだからな」

「感染者が増えれば、照明や暖房に使う燃料がまちがいなく減る」

「お前が寒そうな顔ひとつしない理由か」

「そうさ」

「地球環境を考えれば、確かに悪い話じゃないな」

山下はつぶやいた。

「感染者が増えると、差別は対立になる。いずれ感染者と非感染者のあいだで争いが起きるだろう」

俺はいった。

「お前は反対か?」

「今のところはな」

「恐ろしいことをいうなよ」

「ウイルス攘夷主義者の『ヴァン・ヘルシング』って知ってるか」

俺が訊ねると山下は首をふった。

「そういう連中がいるというのは知ってるが、団体の名前までは知らない」

「『ヴァン・ヘルシング』のリーダーは、穂積という元自衛官で、それを『無常鬼』が狙っているという情報がある」

「そんな奴が殺されても痛くもかゆくもないぞ」

「俺もまったく同意見だが、『ヴァン・ヘルシング』には現役の警察官もいる。もし穂積が殺されたら、そいつらはムキになって感染者を追い回すだろう」

山下の表情が険しくなった。

「お前をどつき回したのも同じ奴らか」

「たぶんな」

山下は首をふり、俺を見つめた。

「ずいぶんややこしいところにいるな」

「今のところ感染者の警察官は俺しかいないからな。どう転んでも、ややこしくなる」

「うちにくるか。情報班にならひっぱってやれるが」

「道具はもてるのか」

「道具？　拳銃か。そいつは無理だ。武器が必要なときは、警察か自衛隊に出動を要請する」

山下は答えた。

「だったら駄目だ。丸腰じゃ一日でもいられない」

山下は黙った。やがてつぶやいた。

「夜刑事がもっと必要だな」

13

電話がかかってきたのは二日後の夕方だった。非通知ではなく、登録のない固定電話からで、

「はい」

とだけ俺が答えると、

「午前零時、木更津のサッカーコートにこい」

男の声がいって、電話は切れた。

俺は前川課長の携帯を呼びだした。

「岬田です。川崎の店を通して『無常鬼』のメンバーと連絡がつき、今夜零時に、木更津で会うことになりました」

俺が告げると、

「罠じゃないのか」

課長は訊ねた。

「どちらともいえません」

「応援は必要か?」

「他の警察官がいては、状況が悪化します」

「罠だったらどうする?」

「何とかします。それに――」

日比谷公園でのことを告げようか、俺は迷った。

「それに何だ？」

「公安《ハム》から何か情報は得られましたか」

課長に泣きついたところで何もかわらない。

「テロ計画の存在をつかんでいるのは確かなようだ。具体的な内容についてはとぼけられた」

NSS《国家安全保障局》がつかんでいるのだから、知らない筈はない。が、内容が内容だけに、箝口令《かんこうれい》がしかれているのだろう。

「大塚署のほうはどうでした？」

「常医師の助手だったという人物が遺体を引きとり、荼毘《だび》に付した。大塚署の記録では、杉野一郎となっている。届けに残っていた住所から転居していて、電話もつながらない」

杉野とスギト。似ている。

「その杉野という人物について、大塚署は調べなかったのですか」

「検死医の判断は自殺だ。少しは事情を訊いたかもしれないが、つっこんだ捜査はしていない」

「わかりました」

常先生の葬儀はおこなわれなかった。先生を頼り、慕っていた感染者は少なくなかった。俺もそのひとりだった。

が、ヴァンパイアウイルスの感染者だという負い目が、葬儀がおこなわれないことへの不満や失望を呑みこませた。

葬儀が昼間だったら、どのみち参列できない。通夜にはでられても、告別式は無理だ。

「君はその助手を知っていたか?」

「いえ。助手がいたという話さえ、初耳です」

俺が答えると、課長は唸った。

「妙だな。東大病院に問い合わせてみるか」

「お願いします」

課長はわずかに黙り、いった。

「死ぬなよ。君がいなくなったら、警視庁には痛手だ」

「そうなったら、感染者限定で警察官を採用してください。人事は嫌がるでしょうが」

「わからんぞ。何年後かに、感染者が警視総監になる日がくるかもしれん」

課長はいった。課長が冗談をいうのを聞いたことはない。

「それ、笑うところですか」

どうとっていいかわからず、俺は訊ねた。

「本気だ。『グリーンボマー』のテロ計画が成功すれば、そうなる」


午後十時を回るのを待って、俺は木更津に向かった。覆面パトカーではなくレンタカーを使う。警視庁に覆面パトカーをとりにいけば、また襲われる危険があった。

日比谷公園で襲ってきた連中は、俺の帰庁を把握していた。駐車場の係がグルだった可能性が高い。襲われるのを恐れたわけじゃない。約束に遅れたくなかったのだ。

正当防衛とはいえ、警視庁の駐車場で発砲すれば、拘束は免れない。午前零時に木更津のサッカーコートにいなければ、情報を得られなくなる。遅刻を許してくれる相手じゃない。

アクアラインへ入り、海ほたるの横を走り抜けたとき、マコのキスを思いだした。

錦糸町にいたときに電話をよこしたきり、マコからの連絡はない。

マコに飢えていた。情報もさることながら、あの話しかたや猫のようにかわる表情、ボディローションの香りが恋しい。

マコを思いだすと、それは必ず明林の記憶につながる。

だからといってマコを明林のかわりにしているわけではなかった。キス以外では、マコと明林はまったく似ていない。

明林の身代わりとしてではなく、俺はマコに惚れかけていた。

抑えなければならないことはわかっている。マコはまちがいなく中国情報機関の工作員だ。利用されるのは目に見えている。

明林に裏切られ、感染させられた思いや苦しみから立ち直るのにかかった時間を考えると、同じ失敗は絶対にくり返したくない。

が、今はまだマコは俺に嘘をついていないし、利用してもいない。マコからの情報に俺が助けられている状況だ。

十一時少し過ぎ、俺はサッカーコートに近いコインパーキングにレンタカーを止めた。

シグの薬室に初弾をこめ、安全装置をかけた。

サッカーコートでは、今夜もゲームがおこなわれていた。日本人のチームとアジア系の混成チームの対戦のようだ。前回より観客の数が多いのは、日本人のチームが参加しているからだろう。

試合そのものは、混成チームの圧勝で、ハーフタイムの時点で五対〇だった。

俺はコートを囲むフェンスの外側から試合を眺めた。フェンスの内側と外側の両方に観客がいる。グループできている者もいれば、俺のようにぽつんと立っている者もいる。見ている者の国籍は多様だが、日本人が多いようだ。

ハーフタイムを過ぎてすぐ、マスクを着けキャップをかぶった男が俺に近づいてきた。

俺は身がまえた。男はスタジャンにジーンズを着けている。

「サキってのはお前か」

二メートルほど離れたところで立ち止まり、男はささやくような声で訊ねた。

「俺だ」

「ついてこい」

男はいってくるりと踵を返した。俺は男のあとを追った。

サッカーコートから百メートルほど離れた場所にワンボックスカーが止まっていた。エンジンがかかっていて、運転席に男がいる。そのスライドドアを開け、男は顎をしゃくった。

俺は先に乗りこんだ。乗りこんだとたん、ドアの陰にいた奴に押し倒された。

「動くなよ。喉をかき切るぞ」

俺をワンボックスの床に押しつけた奴が、耳もとでいった。言葉通り、匕首《あいくち》が顎の下にあてがわれた。

腰の拳銃が抜かれ、ランヤードをでかいカッターが切断した。つづいて財布と身分証が奪われる。

身分証を改めたキャップにマスクの男がいった。喉もとの匕首が消え、

「本物の刑事《デカ》だ」

「奥にすわれや」

俺を押し倒した男がいった。一九〇センチ近くある大男だ。ワンボックスの中にいたのは、そいつと運転席の男の二人だ。

俺はワンボックスの一番奥のシートに移動した。大男がその手前のシートに窮屈そうにすわる。髪をのばし、うしろで束ねている。そいつもキャップの男も日本人のようだ。

「何が知りたい？」

運転席にいた男が背中を向けたまま訊ねた。

大声をださなくても感染者どうし、会話は成立する。

「『グリーンボマー』のテロ計画だ」

俺は唇をなめ、答えた。いきなり殺されはしなかったが、このあとの流れしだいでどうなるかはわからない。日比谷公園で襲われたときより、はるかに危険だ。

「ウイルスを集めてる学者に血を提供している奴らがいる。それ以上は知らん」

運転席の男はチェックのジャケットにハンチングをかぶっていた。声の感じでは、中年だ。

「学者の名前は？」

「陝《きょう》家正《かせい》。日本では杉野と名乗っている」

「中国人なのか」

「父親は日本人、母親が中国人だ。北京にいた外交官の大物が中国の愛人に生ませた。その後、その外交官は政治家になり、息子の面倒は外務省がみた。息子は北京の大学をでたあと日本に留学した」

「上野で殺された原との関係は何だ？」

「原は、日本にきてからの息子と父親の連絡係だった。父親から預かった小遣いを渡したり、日本で生活する便宜をはかってやっていた」

「原が中国にコロされていると知っていて、外務省はその仕事をさせたのか」

「父親は古巣の人間に好かれていない。それはそうだろう。自分の外子《そとご》の面倒を押しつけたのだからな。原に面倒をみさせたのは、中国に父親の弱みを握らせるためだ。だが原はそれを中国側に洩らさなかったようだ。理由はわからない」

「原を『トコヨ』に呼びだしたのはあんたか？」

男は黙った。俺はつづけた。

「原の弱みを握っていたから呼びだしたのだろう。何をさせるつもりだった？」

「原は杉野の居どころを知っていた。それを訊きだす筈だった」

「だがその前に増山に殺された。殺させたのも、あんたらと同じ『無常鬼』か？」

「増山を拾ったのは、李錫竜だ。破門されていき場のない増山を、新しく開く店の責任者にしてやるといってな」

「新しく開く店？」

「『トコヤミ』や『サイゴン』のような店の需要はこれからさらに増える。といって、素人に経営は無理だ。客は感染者ばかりだからな」

運転席の男はいった。

「なるほど。マルBだった増山ならつとまるというわけか」

「増山はとびついた。李のいうことは何でも聞いた」

「それで原を殺した」

「そうだ。お前がいたせいで逃げられなくなり、自殺した」

「杉野の居どころを原から聞きだしたらどうするつもりだったんだ？」

「決まっている。バイオテロなど起こさせない」

「杉野は感染者なのか？」

「常炳徳の助手をしていたときはちがった」

常先生の名がでてきたので、俺は訊ねた。

「常先生を殺したのは杉野か？」

「原はそういっていた」

「理由は？」

「杉野を捨てようとしたかららしい。他に惚れた相手ができたんだ」

俺は息を吐いた。感染者も非感染者も、ストレートもゲイも、こじれれば皆、同じだ。

「杉野が感染者なら、我々のルートでいくらでも見つけられる。見つけられないのは、いまだに感染していないからだ」

男はいった。

「『トコヤミ』で増山に道具を渡したベトナム人が殺された」

俺はいった。

「バイオテロを起こそうとしている奴らは、メンバーをどんどん増やしている。その中にはギャングもいる」

「そういう奴らはどこに集まっている？」

「それを聞いてどうする？　乗りこむのか。殺されるぞ」

「俺も感染者だ。正体がバレないように立ち回る」

「確かに感染者だろうが、お巡りだ。お巡りが我々をどう扱っているか、知らないわけじゃないだろう」

「もちろん知っている。『ヴァン・ヘルシング』のリーダーを狙う計画があるらしいな」

俺がいうと、運転席の男がふりむいた。

「どこでそれを聞いた？」

「お巡りに協力してくれる人間もいるんだ」

俺は男を見つめ、答えた。ギャングには見えない。企業の経営者のような雰囲気がある。

「お前はそれを防ぎたいのか」

「正直なことをいえば、殺されても痛くもかゆくもない。だが『ヴァン・ヘルシング』には現役の警察官がいる。そいつらはリーダーを殺されたら、今以上に感染者を目の敵にするだろう」

「もとからそうなんだ。困るとすれば、感染者でお巡りの、お前くらいだ」

男は冷ややかにいった。

「そう思っているならなぜ、テロ計画を止めようとする？　感染者がもっと増えてもどうってことないだろう」

「我々は差別され抑圧されている。それは事実だ。だからといって暴力でそれをかえようとは思わない。バイオテロが起きれば、感染者も非感染者も、暴力で現状をかえようとする者がでてくる」

「ほうっておいても、感染者は増える一方だ」

「自然に広まるのと、バイオテロでパンデミックが起きるのとはちがう。バイオテロが起これば、恐怖から一方的に感染者を排除しようとする勢力が必ず現われる。ゆるやかに感染が広まるのであれば、冷静な対応もあるだろう。排除や隔離ではなく、共存が模索できる。そのうちに治療薬が発明されるかもしれん。それに――」

いって男は黙った。

「それに何だ？」

「ヴァンパイアウイルスは、ある種の進化を人間に促していると、常はいっていた。感染者が増えることで化石燃料の使用は確かに減る。人間が野放図に自然をいじり、破壊したことへの、地球による報復ではないか、というのだ。パンデミックは起きてほしくないが、常のその考えには共鳴できる」

「杉野を殺すつもりじゃないのか」

「常炳徳が亡くなった今、ヴァンパイアウイルスに最も詳しいのは杉野だ。その知識を失わせるわけにはいかない。原から居どころを聞きだしたあとは、我々で杉野を保護する予定だった」

「杉野はどっちなんだ？」

「どっちとは？」

「バイオテロを起こしたいのか、起こしたくないのか」

「起こそうと考えているようだ。ただし、自分が感染すれば研究に支障がでると考え、注意していると聞いた」

「李錫竜は、どちら側だ？　テロ計画に協力しているのか、反対しているのか」

「考えるまでもないだろう。原を増山に殺させ、ギャングのメンバーをスカウトしているのは李だ」

「李の居場所はわかるか？」

男はあきれたように首をふった。

「本当に自分ひとりで何とかできると考えているのか」

「やれることをやるだけだ」

俺はいった。男は俺から目をそらした。窓から木更津のコンビナートの光を眺めていたが、やがて息を吐いた。

「お巡りと手を組むとはな」

「感染者のお巡りは、俺ひとりだ。俺が死ねば次はいない」

男は俺に目を戻した。

「お前を信じる。私の名はモリという。李についてなにかわかったら、また連絡する」

そして大男とキャップの男に顎をしゃくった。

切れたランヤードがぶらさがったシグと身分証、財布が返された。

14

帰り道、ひとりで俺は海ほたるに入った。駐車場に止めた車から、ミンの携帯を呼びだした。

「まだ生きていたか」

電話にでるなり、ミンはいった。

「ひと言礼をいいたくてな。『無常鬼』の人間に会うことができた」

「俺には関係ない」

ミンは冷ややかに答えた。

「悪かった。仕事に戻ってくれ」

告げて、俺は電話を切った。

そのまま帰る気にはなれず、車を降りた。エスカレータで上の階にいき、海に面した展望デッキに立った。マコにキスされた場所だ。

海から吹きつける北風は、常人にはかなりつらいだろう。人の姿はまるでない。

漆黒の海に波頭だけが白く光っている。耳もとで唸りをたてる風に、両足を踏んばって耐えていた。

サキ、と誰かに呼ばれたような気がして、背後をふりかえった。

俺は息を呑んだ。長い髪を束ね、グレイの皮のロングコートのポケットに両手をさしこんだ女が立っている。そのコートは、四年前にボーナスをはたいて俺がプレゼントしたものだ。

「明林」

三年半ぶりに見る呉明林は、記憶とまるでちがわなかった。幻覚じゃないかと自分を疑ったほどだ。

吹きつける風が、明林の広い額を露わにしていた。数えきれないくらい、そこに唇を押しつけた。

「何してるの、サキ」

明林は訊ねた。俺とは五メートル近く離れ、波音と風が強い。それでもはっきり、明林の声は聞きとれた。

「海を見ていた。君こそ、何をしている。いや、何をしていたんだ、ずっと」

会ったらいいたいこと、訊きたいことは山ほどあった。が、こうして面と向かってみると、間の抜けた言葉しかでてこない。

「ずっと仕事をしていた。あなたといっしょ」

「なぜ俺を感染させた？」

ようやく、質問ができた。

「あなたしかいなかったから。あなたなら感染しても、警察官をつづけると思った。そういう人が必要だった」

「意味がわからない。いつ君は警視総監になったんだ？」

明林は微笑んだ。

「あなたのそういうところ、大好き。皮肉屋だけどまっすぐ」

「やめろ。どれだけ苦しんだと思う」

「わかっている」

「わかってない。感染者でも警察官でもない君にわかる筈がない。俺は君と結婚したかった。なのに、俺にウイルスを注射したあげく君は姿を消した。そんなに俺が憎かったのか。別れるだけじゃ気がすまないくらい、俺を苦しめたかったのか」

一気に言葉がほとばしった。明林は小さく首をふった。

「ちがう。あなたを苦しめたいなんて思ってなかった」

「ふざけるな！」

明林は一瞬目を伏せた。が、すぐに力のこもった目を俺に向けた。

「あなたがここにいるのはなぜ？」

「仕事の帰りだ。木更津で人に会っていた」

俺は正直に答えた。

「君はなぜいる？」

「わたしも木更津の帰り。あなたのことを知り合いから聞いた。ここであなたとご飯を食べたといっていた」

マコだ。が、マコのことには触れず、俺は訊いた。

「木更津で何をしていたんだ?」

「サンプルを提供してくれる人を探す仕事を手伝っていた」

「ウイルスのサンプルか」

俺は明林を見つめた。明林は否定しない。

「テロリストの集団に加わっているのか」

「ちがう。防ごうとしている」

明林は再び首をふった。

「ウイルスを注射する人間の言葉は信じられない」

「注射したのはあなただけよ」

「苦しめたかったのも俺だけか」

明林は顔をそむけた。

「わたしが何をいっても無駄ね」

マコがテロ計画を「グリーンボマー」の内部にいる仲間から教わった、と電話でいっていたのをそのとき思いだした。

「『グリーンボマー』に潜入しているのか」

明林が俺に目を戻した。

「そういうこと」

小さな声で答えた。俺の耳にははっきり聞きとれた。

「UFWDなのか」

「うすうす気づいていたでしょう?」

悲しげに俺を見つめた。俺は息を吸いこんだ。

スパイかもしれない、と疑ってはいた。だが俺も公安の刑事だった。

互いに情報を得ようと接触し、腹を探りあっているうちに恋仲になった。

「本当に結婚できると思っていたの?」

「思っていたさ。仕事を辞める覚悟もした」

俺は答えた。真実だ。

明林は何度も頷いた。知っていた、といわんばかりに。

「サキに刑事を辞めてほしくなかった。だから消えた」

中国のスパイかもしれない女との結婚が、警察官に許される筈はなかった。

「ウイルスを打ったのはなぜだ」

「感染者の警察官が、これから絶対に必要だと思ったから」

「それが俺じゃなきゃならない理由は?」

「サキなら、感染しても警察を辞めない勇気がある、と知ってたから」

「勝手に選んで、勝手に決めたのか?!」

思わず大声がでた。

「ごめんなさい。本当にごめんなさい」

俺は歯をくいしばった。俺じゃない誰かの話なら、理解し、納得できたかもしれない。

だがそんなことをいっても始まらない。明林にはわかっている。俺の何倍も賢くて、先の読める女だ。だから惚れた。

「今さらあやまっても遅いけど」

俺は息を吸いこんだ。責めるのは今じゃなくてもできる。

「杉野一郎はどこにいる？」

明林は目をみひらいた。

「『グリーンボマー』が用意した研究所に隠れている。それがどこかは、『グリーンボマー』の幹部しか知らない」

「『グリーンボマー』に協力している『無常鬼』のメンバーを誰か知っているか？」

「川崎のギャングが、進んで危険な仕事をやりたがってるって聞いた。それでのしあがろうとしている」

「会ったことはあるか」

明林は首をふった。

「乗っている車を見ただけ。白のメルセデスに、血の色のシールを貼っていた」

「そいつなら知っている」

明林はあたりを見回し、訊ねた。

「あなたに仲間はいないの？」

「感染者と組もうなんて奴はいない。ほとんどの警察官は、俺に辞めてほしがっている」

「でも辞めないのでしょ」

「今は、な」

「わたしの知り合いがきっとあなたの役に立つ。彼女と協力して。あなたに接触するよう勧めたのはわたしよ」

「君の名を聞いたときは驚いた。彼女もUFWDなのか」

「彼女はちがう。でもわたしも彼女もテロを食い止めたい」

「男の工作員は動いていないのか」

「いないわけじゃないけれど、皆恐がっている。中国では感染者に未来はないから」

「バイオテロが起これば、政府の方針もかわるのじゃないか」

「そのときは内戦になる」

「皆がそう思っている。が、結局のところテロが起きても起こらなくても、対立は生じるだろう。互いに冷静でいられるかどうかだけだ」

「非感染者には恐怖がある。恐怖は人を追いつめ、残酷な行動に駆りたてる」

俺は苦笑した。

「何がおかしいの?」

「説明されなくてもわかっている」

明林は俺を見つめた。

「わたしを憎んでもいい。でも人類のために、警察官を辞めないで」

「人類のため、とは大げさだな。俺は俺の意地で辞めないだけだ」

その意地の中に、君とのことも入っているとはいわなかった。

「その意地を貫いて」

俺は目をそらした。恋人だったときなら、素直に頷いたろう。

明林にも俺の気持が伝わった。

「死なないで」

低い声でいって、明林は身を翻した。追いかけ、抱きしめたい気持を、俺はけんめいにこらえた。

再会して、知った。俺たちのあいだには越えられない壁がある。それは、日本人と中国人だからではない。刑事と工作員だからでもない。

感染者と非感染者という壁だ。

その壁を作ったのは明林だ。明林は、任務のために、俺を感染者にしたのだ。

15

翌日の午後、前川課長から電話がかかってきた。

「東大病院からの情報では、常医師の助手をしていたのは、中国から留学していた陝家正という学生だった。陝の父親は日本人で、杉野一郎というのは、父親が与えた通名《つうめい》のようだ。この杉野の父親に関して調べようとしたところ、外二《ソトニ》から横槍が入った」

「杉野の父親は、以前北京にいた外務省の大物で、今は政治家になっている人物のようです。殺された原は、帰国後、杉野の面倒をみるのが仕事でした。原を『トコヨ』に呼びだしたのは、杉野の情報を得ようとした『無常鬼』のメンバーで、それを阻止しようとした『無常鬼』の別グループのメンバーである李錫竜が増山に原の殺害を指示したんです」

「それはどこで得た情報だ?」

「昨夜会った『無常鬼』のメンバーです。日本人で、モリと名乗りました」

「モリ……」

「モリは、バイオテロ後に感染者と非感染者のあいだで生じる対立を防ぎたいと考えていて、鍵となる杉野を捜しています。モリの話では杉野は感染者ではなく、『グリーンボマー』の用意した研究施設に隠れているそうです。常先生を殺したのも、杉野だという話でした」

明林と会ったことを隠し、俺はいった。

「動機は?」

「常先生と杉野は恋仲だったのが、常先生の心変りを知って殺害した、と」

課長は息を吐いた。

「『グリーンボマー』は実際に感染者と接触し、ウイルスのサンプルを集めています」

「どこで?」

「木更津です」

「以前、君から聞いた、夜中のサッカーか」

「そうです。冬のこの時期は、ほぼ毎週、感染者による試合がおこなわれています」

「地元署に手配して、コートを閉鎖させる」

サッカーを愛好する感染者にはつらい話だが、しかたがない。

「穏健な方法でお願いします。対立をあおったり、警察への反感をつのらせるようなやりかたは、かえって『グリーンボマー』への協力者を増やします」

「それは約束できない。所轄署の判断になる」

だろうと思った。感染者にやさしく接しようという警察官などいない。感染者の多くはプロの犯罪者で、接触には感染の危険がつきまとう。大半の警察官にとって、感染者は伝染病を媒介するネズミやゴキブリのような存在でしかない。

「『ヴァン・ヘルシング』と岩井班長の関係について、何かわかりましたか」

俺は訊ねた。

「今は話を聞ける状況ではない。岩井班長は、原とチュー、二件の殺しにかかりきりだ。変にそこをつつけば、捜査妨害を疑われかねない。まして情報のでどころが君とあっては尚更だ」

つまり課長もさわりたくないというわけだ。

俺は息を吐いた。ウイルス攘夷主義者と警察官との関係を暴かれることを望む者はいない。

「わかりました」

「今後の君の動きは？」

「モリからの情報を待ちながら、ベトナムギャングのトオルを捜します。トオルは、『グリーンボマー』のテロ計画に協力している側の『無常鬼』についています。杉野に関する情報をもっているかもしれません」

「了解した。感染者に接触し、情報を得られる警察官は、今のところ君しかいない」

「中国の工作員も、動いているのは女ばかりのようです。男の工作員は、感染を恐がって動いていないとのことでした」

「それもマコからの情報か？」

明林からだとは答えられない。

「そうです」


暗くなるのを待って、俺はレンタカーで川崎に向かった。「サイゴン」の周囲に、トオルのメルセデスが止まっていないかを確認する。

なかった。殺しをやった直後だ。さすがに潜っているのかもしれない。

次に俺が向かったのは、神奈川県大和市の、チューの母親が住む団地だった。息子が死んだという知らせは届いている筈だ。

団地の部屋を訪ね、憔悴《しょうすい》しきった母親と話した。息子の死は知らされたが、遺体はまだ警察にあり、葬式をだしてやることもできない、と母親は泣いた。

母親の話では、警察がきてチューの私物をすべてもっていったという。ギャングとのつきあいがなかったかをしつこく訊かれた。だが、感染してからの息子がどんな人間とつきあっていたかを、ほとんど母親は知らなかった。母親が知っているのは、自動車部品工場に勤めていた時代の友人ばかりだった。

団地をでた俺は、川崎に戻った。ミンならトオルに関する情報を何かもっているだろう。だが俺は出入り禁止にされている。

そこで「サイゴン」の近くに車を止め、出入りする客を監視することにした。

一時間ほどそうしていると、「サイゴン」の扉からミンが現われた。エプロンをつけたままの姿で、俺の乗るレンタカーに歩みよってきた。

俺は窓をおろした。

「どういうつもりだ？　嫌がらせか」

腰に手をあて、ミンは低い声でいった。

「何人かの客が気づいて、サツの張り込みじゃないかと騒いでいる」

「張り込みならもっと目立たないようにやるさ。あんたと話がしたかったんだ」

俺はいった。

「話すことなんかない」

ミンは首をふった。

「トオルを捜している」

「知らないね。ここ何日か、見てない。見てたとしても、デカには教えない。消えろ。営業妨害だ」

「デカだが、俺も感染者で、あんたと同じ考えをもっている。戦争を避けたい」

「ちがうね。お前は板ばさみになりたくないだけだ。デカのくせに感染者だってことで、どちらからも嫌われる」

「それのどこが悪い？　あんたはいってたろう。感染者が増えたら、夜に生きる奴と昼に生きる奴で棲み分けすりゃいいだけだって。だったら、感染者のことがわかるデカがいたほうがいい。ギャングややくざ者に感染者が利用されるのを止めようって、デカの俺が考えちゃいけないのか」

思わず声が大きくなった。

「やかましい。ここでお前と話してるだけで、俺もサツのスパイだと思われる」

ミンは俺をにらんだ。

「くそっ。どいつもこいつも俺を嫌いやがって！」

俺はハンドルを叩いた。

「消えろ。消えないと、若い連中をけしかけるぞ」

「わかったよ。あんたも戦争を避けたがっていると思った俺が馬鹿だった」

俺はレンタカーのエンジンをかけた。ミンは返事もせずに背中を向けた。

怒りでぶっ飛ばしたいのをけんめいにこらえ、俺は墨田区の江東橋に向かった。「サイゴン」は出禁、「トコヨ」「トコヤミ」は営業停止になっている。俺のいくあては「ケサン」しかない。

が、「ケサン」で会った感染者のベトナム人に、俺は穂積のことを話し、嫌がらせの下見にきたのかもしれないと告げていた。俺の警告は、あっという間にベトナム人のあいだに広がっただろう。しばらく感染者は「ケサン」に寄りつかないにちがいない。

俺はエレベータで、雑居ビルを七階まで上がった。

予想通り、「ケサン」はガラガラだった。いるのは客を探していると思しい、ベトナム人の女が何人かと、冷やかしの日本人客だ。感染者らしい客はいない。

カウンターに腰をおろした俺は、ノンアルコールビールを頼み、アオザイの娘においてないといわれ、しかたなくスコッチのストレートにかえた。チェイサーのミネラルウォーターを飲むしかない。

ベトナム人の女が寄ってきた。

「お客サン、わたしにも一杯奢って下サイ」

「好きなものを飲んでいい。ただし、横にはすわらないでくれ」

俺はいった。アオザイを着た娘が無言で首をふり、女は離れていった。

世界中の嫌われ者になった気分だ。

携帯が鳴った。非通知の着信だ。

「はい」

「明林と会ったでしょう」

マコだった。俺は息を吐いた。

「電話を待ってた」

俺はいった。

「冷たくされたの?」

「そうじゃない。君と話がしたかったんだ」

「浮気者ね」

マコはいった。心なしか甘い声だった。

俺はアオザイの娘に目配せし、立ち上がった。他の客から話が聞こえない場所に移動すると、マコに告げた。

「『無常鬼』の人間に会った。原が口を塞がれたのは、『グリーンボマー』に協力しているウイルス学者の居どころを知っていたかららしい」

「あなたは今どこなの?」

「錦糸町の『ケサン』というバーだ」

「わたしひとりでも入れる店?」

「大丈夫だ」

「三十分待って」

電話は切れた。俺はほっと息を吐いた。マコだけは俺に会うのを嫌がらない。

たとえそれが任務のためだとしても嬉しかった。

三十分より少し遅れてマコは現われた。黒のレザーパンツにブーツをはき、木更津で会ったときに着ていたフェイクファーのロングコートを羽織っている。大きくつきでたハイネックのセーターの胸に俺は見とれた。前はそれに気づく余裕がなかった。

「ちょっと見過ぎじゃない?」

怒ったようすもなくいって、マコは俺の隣に腰をおろした。寄ってきたアオザイの娘にジントニックを頼む。

「ジンが好きなのか」

「どうして?」

「湯島のバーでもジンを頼んでた」

気づかれないようにマコの香りを吸い、俺はいった。

「ウォッカも好きよ。テキーラも」

届いたグラスを手にし、マコは訊ねた。

「久しぶりに明林と会って、どうだった？」

「かわってなかった。なさすぎて、幻覚を見ているのかと思った」

マコは笑った。

「でも偶然よね。あなたと海ほたるにいったことは話したけど、まさかそこで再会するなんて」

「テーブルに移ろう」

俺はいって、目でアオザイの娘たちを示した。マコは頷き、俺たちはグラスを手に店の隅に移動した。

「俺は木更津で『無常鬼』のメンバーに会った帰りだった。明林は『グリーンボマー』の命令で、サンプルを集めていたようだ」

「まさか彼女をテロリストだとは思っていないわよね？」

マコは俺の目をのぞきこんだ。

「ＵＦＷＤだと認めた。潜入していることも」

マコは目をそらし、息を吐いた。

「昔のオトコには正直なのね」

「俺に負い目があるんだ。ウイルスを注射し感染者にした」

「知ってる。理由を訊いた？」

「勝手な理屈だ。感染者の警察官が必要になるからだ、と」

「信じないの？」

「それを信じたら、俺は利用されただけということになる。俺は本気でつきあっていた。結婚してもいいと思っていた」

「刑事を辞めずに結婚できた？」

「できなかったろうな。お互いスパイなのだから、どちらかが辞めるしかない。だが警察官を辞めた俺に利用価値はなくなる」

「彼女はあなたに、刑事でいてほしかったのよ」

「つまり惚れていたのは俺だけってことだ」

マコは答えなかった。俺は口をつけないつもりでいたストレートを呷《あお》った。

「まあいいさ。もう元には戻れない」

「ウイルス学者のことを教えて」

マコはいった。俺はマコを見た。

「共同戦線を張ると約束できるか」

「それを最初にいったのはわたしよ」

マコは俺を見返した。

「断わられたけど」

「撤回する。これまでのところ君は俺に嘘をついてない」

マコは目をそらした。

「明林に会ったから、そう思ったわけ?」

胸に刺さった。

「ひどいな」

「ごめんなさい」

「いや。当たっている」

「わたしと彼女ではやりかたがちがう」

「所属もだろ。国家安全部なのか?」

マコは正面を向き、答えた。

「フリー」

「フリー?」

「そう。ギャラは、あなたの考えているところからでている」

「日本人なのか」

「それが重要?」

マコは俺に目を戻した。

「中国人だったら、彼女と同じだから信用できなくて、日本人なら信用できるとでもいうの?」

「君のいう通りだ」

「キミって呼ぶのはやめて。卵じゃないのだから」

俺はマコを見た。本気のようだ。

「マコでいいのか」

「どうぞ」

俺は息を吐いた。

「ウイルス学者の名前は杉野一郎。父親は、日本の元外務官僚で、母親は中国人。北京の大学を卒業後日本に留学し、常先生の助手兼恋人になった。日本で杉野の面倒をみていたのが、『トコヨ』で殺された原だ」

「原を呼びだしたのは誰？」

「テロを防ぐため、杉野の居場所を知ろうとした『無常鬼』のメンバーだ。が、それに気づいた李錫竜が増山を使って殺させた」

「李は『グリーンボマー』なの？」

「に協力する『無常鬼』のメンバーだと思う。俺が木更津で会った男の話では、李は増山に『トコヤミ』のような店を任せるといって釣ったらしい。組を破門されいき場のなかった増山はそれにとびついた。その男の話では、常先生を殺したのは杉野一郎だと原はいっていたそうだ。理由は、常先生に捨てられそうになったからだ」

「中国国内の感染者は、公表されている数字の倍から三倍いる。中国政府は何とか、これ以上感染が広がるのを食い止めたくて、常炳徳に帰国を要請した。けれど常は日本に帰化することを考えていた」

「木更津で会った男と明林の話では、杉野は感染してはいないらしい。自分が感染すれば研究に支障がでると考え、『グリーンボマー』が用意した研究所に閉じこもっているようだ」

「どこなの？」

「それはわからない。『グリーンボマー』の幹部しか知らないと明林もいっていた。『グリーンボマー』に協力している李錫竜なら知っている可能性がある」

「李の居どころは、安全部も捜している。ただ――」

マコはいって言葉を切った。

「ただ何だ？」

「男の工作員は、誰も『無常鬼』にかかわりたがらない。もし感染したら、安全部でのキャリアが終わるから」

「明林も同じようなことをいっていたな」

「そう。だからあなたは貴重な戦力というわけ」

マコは俺の目を見た。はっきりいわれ、むしろすっきりした。

「感染していない男は皆、逃げ腰よ。感染の可能性が低い女の工作員にばかり任務が押しつけられている。ベテランの工作員でも、感染は死ぬより恐いらしい」

「そこまで不便なものでもないがな」

俺はいった。マコの目に笑いが浮かんだ。

「あなたのそういうところ、好きよ」

「サキだ」

「サキ」

いらっしゃいませ、とアオザイの娘が声をあげた。俺は入口を見た。

トオルと二人の手下が立っていた。入口で店内を見回したトオルが俺に気づいた。まっすぐ近づいてくる。

「誰？」

マコが小声で訊ねた。

俺も小声で答えた。

「『グリーンボマー』に協力しているギャングだ」

「おいおい！　こりゃとんでもないところで会っちまったもんだな」

トオルはニヤつきながらマコの顔をのぞきこんだ。

「美人を俺にも紹介してくれよ」

俺が答えるよりも早く、

「払うものを払ってくれる？　わたしは高いの」

マコがいった。トオルは顔をしかめた。

「何だよ。フッカーかよ。どこで拾った？」

「そういう情報も、払ってからにしてくれる？」

マコがいうと、トオルはいきなりマコの顎をわしづかみにした。

「おい、口のききかたには気をつけろや。ちょっとツラがいいからってナメたこといってると、顔をはつるぞ」

俺は腰のシグに手をのばした。それより早く、カシャッという金属音がした。マコの手に飛びだしナイフがあった。刃先はトオルの股間にあてがわれている。

「あんたのも削ってあげるよ」

上目づかいでトオルをにらみ、マコは唇をなめてみせた。

「おい！」

背後に控えていたチンピラが進みでた。

「やめとけ」

俺は上着の前を開け、シグを見せた。

チンピラはトオルをうかがった。

「参ったね」

トオルは手を離し、後退《あとじさ》った。

「久しぶりにきたら、東京はおっかねえ」

「何しにきたんだ？」

俺は訊ねた。

「酒を飲みにきたに決まってる」

「『サイゴン』があるだろう」

「河岸《かし》をかえたくなってな」

「別のことをしにきたのじゃないのか」

「別のこと？」

トオルは目を細めた。

「何の話だよ」

「『ヴァン・ヘルシング』のリーダーを狙っている奴がいるらしい。何日か前、そのリーダーがこの店にいるのを俺は見かけた」

ミンに話した以上、もう正体を隠す必要はない。

トオルの表情がかわった。

「『ヴァン・ヘルシング』のことを教えたデカってのはお前なのか」

「あいつらの嫌がらせを止めたかっただけだ。なのにあんたはここにやってきた。目的は何だ？　リーダーの命か」

「お前、奴らの番犬か。感染者のくせに、お巡りだから、あいつらを守ってやろうってのか」

「俺の仕事は殺人犯をつかまえることだ」

俺は静かにいった。トオルは横面を張られたような顔になった。ささやくようにいった。

「お前、デカだって正体をバラしたら、殺されないですむと思ってるのじゃないだろうな。お前は、俺ら全員の裏切り者だ。リストの一番にあげてやる」

「感染者だろうとなかろうと、人殺しは人殺しだ」

俺はトオルの目を見ていった。

「女の前だからって格好つけてるんじゃねえぞ」

トオルはマコを横目で見た。

「惚れそう。カッコよくて」

マコが微笑んだ。俺は内心あきれた。挑発しまくっている。

トオルは目を広げマコを見ていたが笑いだした。

「お前ら、今日から死人だ。いつどこで殺されてもおかしくない」

「『無常鬼』って、そんなに強いの?」

マコがいった瞬間、トオルの笑いがやんだ。

「何者だ、お前」

「フッカーじゃなかったっけ?」

マコは笑顔で返した。

トオルは人さし指で俺とマコをさした。

「覚悟しとけよ」

手下に顎をしゃくった。三人は「ケサン」をでていった。

俺はマコを見た。

「フリーだっていう話を信じる。どこかに属してたら、もう少し口のききかたを考えるだろう」

「人民解放軍がバックについているから強気にでたのかもしれないでしょ」

マコはにたっと笑った。俺は首をふった。

「写真を送ってもらう直前、俺はこの店に入る穂積と会った」

「偶然?」

「偶然だ。カウンターにはベトナム人の客がいて、ひとりは感染者だった。『グリーンボマー』

の話をしていた。その直後にマコから電話がかかってきた」

「それでなの？　わたしに『グリーンボマー』と感染者の関係を訊いたのは」

「そうだ。たまたま小耳にはさんだだけだった。だがそのおかげでテロ計画の存在を知ることができた」

「わたしってば、お喋り」

俺は思わず笑った。

「何よ」

「お喋りの女を好きになったのは初めてだ」

マコはあきれたように目玉を回した。

「穂積はそのときひとりじゃなかった。俺も知っている警視庁の刑事といっしょにいた」

マコは無言で俺を見つめた。

「俺はその刑事の前で、感染者のグループに穂積を暗殺する計画がある、と告げた。穂積は驚かなかったが、刑事が詳細を知りたがった」

「噂は本当だったのね」

「噂？」

「『ヴァン・ヘルシング』には、日本の警察官が混じっているって」

俺は頷いた。

「否定はできない」

マコはほっと息を吐き、俺の手に自分の掌をかぶせた。

「同僚も信頼できない。同じ感染者からも嫌われる。ひとりぼっちね」

「マコがいる。俺に利用価値があるうちは」

マコは俺の手の甲に爪をたてた。

「そのいいかた、気にいらない」

俺は手をひっこめた。

「サキの味方になる。あなたがわたしを信じるなら」

「工作員の女を信用するには傷つきすぎた」

「さっき、好きっていったじゃない」

「好きなのと信じるのは別だ。ふつうはいっしょだが、俺の場合はちがう」

「変な人」

笑みを浮かべ、マコは俺の目をのぞきこんだ。

「ふつうだったら死にたくなるほどつらい立場にいるくせに、軽口叩いて」

「逆だよ。軽口でも叩いてなけりゃ死にたくなる」

マコは小さく首をふった。

「これからどうするの?」

「頼みがある。李錫竜の情報が欲しい。中国国家安全部なら、何かもっている筈だ」

「調べてみる」

「俺は『無常鬼』の線から当たってみる。携帯の番号を教えてくれ」

マコは携帯をだした。俺の携帯を呼びだす。

俺は番号を記憶させ、いった。

「死にたくなったら電話する」

「死にたいときはひとりで死んで。楽しくなりたいときに電話して」

マコは表情をかえずに答えた。

16

それから二日間、俺は感染者として知り合った人間と連絡をとり、情報を得ようと動いた。大半はカタギじゃなく、そいつらにはすでに俺が刑事だという情報が広まっていた。俺からの電話を着信拒否した奴もいたし、かけてきたのが俺だとわかったとたん罵《ののし》った奴もいた。

会って話をしてくれたのは、わずか三人だった。だがその三人全員が、「無常鬼」のことは知らないか、知っていてもかかわりたくない、といった。「グリーンボマー」からの接触はなかったかを訊くと、二人が有償で血液サンプルを提供したことを認めた。血液サンプルを集めているのは、女の「グリーンボマー」メンバーで、男のメンバーは感染者との接触を避けているらしい。

明林が「グリーンボマー」に潜入できた理由もそのあたりにありそうだ。

三日めの午前一時過ぎ、話を聞いた感染者と別れた直後に、俺の携帯が鳴った。以前、木更津に呼びだされたときにかかってきた固定電話からだ。

「岬田です」

「モリだ。ニュースを聞いたか?」

「ニュース?」

「ドイツで、ヴァンパイアウイルスのワクチンが開発された。ヨーロッパで確認された初期型ウイルスに対応しているらしい」

「治るのか」

「あくまでも予防効果のみで、治療薬にはならないようだ。ウイルスを体内から消す薬はまだ開発されていない。とはいえ、予防ワクチンの開発は今後、感染者の処遇改善につながるだろう。ただ、ウイルスが変異すれば、ワクチンの効果は低下するし、実際、東アジアでは初期型から変異したウイルスが確認されている」

「つまり、グッドニュースというほどのことじゃないってことか」

「ヴァンパイアウイルスの感染者の多くが劣悪な生活環境下にあり、感染者の増加はウイルスの変異を促す。パンデミックがおきれば、いずれは女性にも感染しやすい株が生まれるかもしれない。そうなれば、感染はさらに拡大するだろう」

モリの声は暗かった。

「それを教えたくて電話をしてきたのか」

「ちがう。『ヴァン・ヘルシング』を襲撃する計画が判明した。明日の夜、池袋のカラオケボックスで新華僑の集会が開かれる。そこに『ヴァン・ヘルシング』が押しかけるという情報がある。だが新華僑の集会があるというのは嘘で、カラオケボックスには『無常鬼』の戦闘員が潜んでいる。標的は穂積だが、それ以外の『ヴァン・ヘルシング』メンバーも襲われるだろう」

「俺にどうしろというんだ?」

「穂積が殺されれば、ウイルス攘夷主義者と感染者の対立はより激しくなる。警察官という立場から襲撃を食い止めろ」

「いくら警察官でも、俺ひとりじゃ無理だ」

「だったら、他の警察官に協力を頼め」

俺は歯をくいしばった。協力してくれる警察官がいたら紹介してほしいくらいだ。

「やれるだけのことはやる」

俺は答えて、電話を切った。課長の携帯に電話をかける。留守番電話だった。何も吹きこまずに切り、迷った末に、俺は岩井の携帯にかけた。岩井の番号は、上野に連れていった日に知った。

長い呼びだしのあと、

「はい、もしもし」

眠そうな声が応えた。

「『ヴァン・ヘルシング』の件で話がある」

俺は告げた。

「お前が首をつっこむことじゃない」

岩井は不愉快そうにいった。

「明日、池袋で活動するだろう」

岩井は黙った。

「新華僑の集会を狙ってカラオケボックスに押しかける。ちがうか?」

「どこで聞いた?」

「集会というのは嘘だ。いけば『無常鬼』が待ち伏せている」

「お前の話は信用できない」

「信用したくないならしなきゃいい。『ヴァン・ヘルシング』がぶっ殺されても、俺は痛くもかゆくもない」

岩井は再び沈黙した。やがていった。

「明日、午後八時に西池袋公園にこい。西口公園じゃない。まちがえるなよ」

電話は切れた。


翌日、俺は西池袋公園にでかけていった。池袋警察署とは、通りをはさんだ向かい側だ。公園沿いの一方通行路には、カーキ色に塗られたバンが並んでいる。バンの横腹にはでかい進入禁止のマークが貼られ「VIRUS」と中心部に書かれていた。

公園には戦闘服にフェイスガードのついたヘルメットを着けた男たちがたむろしていた。バンの横腹に入ったのと同じマークの腕章を巻いている。

異様な雰囲気に、そいつら以外の公園利用者はひとりもいない。

バンの数は四台、戦闘服を着た男たちはざっと二十人ばかりいるが、武装はしていないようだ。かわりに「外国人感染者はでていけ」とか「ウイルスをまき散らすな」と書かれたプラカードが束ねられ、公園の隅におかれていた。プラカードの柄《え》は頑丈な角材で、武器として使えそうだ。

戦闘服の集団から少し離れたところに、スーツ姿の岩井がいた。マスクとキャップをつけ、一見するとデモ活動を監視する私服刑事のようだ。

俺は岩井に歩みよった。

「穂積はどこだ?」

「打ち合わせ中だ」

そっけなく岩井は答えた。

「打ち合わせにあんたはまぜてもらえないのか」

「やかましい。罠だというのは本当なのだろうな」

岩井は不機嫌そうに俺をにらんだ。

「教えるかどうか迷ったくらいだ。教えずにあんたが襲われたら、ざまを見ろっていえるからな」

「何だと」

「日比谷公園にあんたもいたろう」

俺がいうと、岩井は目をそらした。

そこに穂積が現われた。戦闘服を着けている。岩井の表情がかわった。

「どうなりました?」

敬語で穂積に訊ねた。穂積は答えず、俺を見た。穂積の背後には副官のような、戦闘服姿のごつい男が控えている。

「警告をくれたのは君か。錦糸町で会ったな」

俺は頷いた。

「カラオケボックスにいるのは、新華僑ではなく、感染者のグループだ。集会があるという情報は、あんたらをおびきよせるための罠だ」

「であるとしても、我々は方針をかえない。感染者の待ち伏せに突撃し、日本にいるのは過ちであると思い知らせる」

穂積は表情をかえることなく答えた。俺たちの周りに戦闘服の男たちが集まってきた。

「感染者のギャングどもがいるというなら、むしろ好都合だ。叩きのめしてやる」

穂積がいうと、岩井が勝ち誇ったような表情を浮かべた。

「うしろで命令を下すあんたはそれでいいだろう。だがあんたの手下はどうなる？　乱闘になれば血が流れ、そこから感染する者もでるかもしれない」

「我々の防護は完璧だ」

「そうかな？　ナイフで切られた傷に血をすりこまれたらどうする」

穂積はわずかに目をみひらいた。

「あんたらが感染者を嫌うのは、感染が恐いからだ。待ちうけている連中は、それをよくわかっている」

マジか、ヤバいな、というつぶやきが男たちのあいだから聞こえてきた。

「うろたえるな」

穂積のうしろに立つ、副官らしい男がいった。俺はつづけた。

「感染した手下はどうなる？　外国人といっしょに国外に追いだすか」

「馬鹿なことをいうな！　団長、こいつのいうことをいちいち真に受ける必要はありません！」

岩井が進みでた。俺は岩井を見た。

「じゃあ、あんたは感染しても平気ということだな。警視庁二人めの、感染警察官になってくれるというわけだ」

「ふざけるな！　誰が――」

いいかけた岩井を、手を上げて穂積が制した。

「君の懸念はもっともだ。とはいえ我々も、待ち伏せだという情報だけで尻尾を巻くわけにはいかない。外国人犯罪者どもをつけあがらせるだけだ」

「じゃあどうする？」

「待ち伏せかどうかをこの目で確かめる。君と岩井くんには同行してもらって、もしその通りだったら、警察官として対処するんだ」

「たった二名でそれは無理です。応援を呼ばなければ――」

岩井がいうと、穂積がにらんだ。

「『ヴァン・ヘルシング』が警察に救助を求めたという噂をたてたいのか」

岩井は黙った。穂積は俺を見た。

「乱闘は避けるべきだというのは正しい。したがって、私と副官の立花の二人が問題の店に向かう。そして、君の言葉通り、待ち伏せだというのを確認したら、乱闘を招きかねないような活動は中止し、屋外での街宣活動に切りかえよう」

「襲われたらどうする？」

「自分の身は守る」

俺は岩井を見た。

「俺はかまわないぜ」

岩井は奥歯をかみしめている。

「あんたがいきたくないというのなら――」

「うるさい！」

岩井は叫んだ。そして穂積に告げた。

「もちろん団長に同行します。何があっても団長を守ります」

「今日はもっているのか？　この前は丸腰だったが」

俺は岩井に訊ねた。岩井は無言で頷いた。

「ひとつ教えてくれ。あんたは『ヴァン・ヘルシング』のメンバーなのか」

岩井が応えるより先に穂積が答えた。

「岩井は創立以来のメンバーだ。『ヴァン・ヘルシング』には、岩井以外にも、現役の警察官、自衛隊員が所属している」

「よくわかったよ」

俺は岩井にいった。岩井は横を向いた。

「問題のカラオケボックスは平和通りに面したビルに入っている」

穂積がいった。平和通りは今いる西池袋公園からは五百メートル以上離れた場所だ。川越街道と池袋大橋の西側を結ぶ南北の通りで、中国東北料理を中心としたレストランや食材店、スーパーなど中国人向けの店舗が密集する、新中華街だ。そこに集結したのでは人目を惹くと考え、「ヴァン・ヘルシング」は西池袋公園を集合場所にしたのだろう。

「お前たちは車に戻って、団長からの連絡を待て！」

立花が男たちに告げた。

「了解です」

男たちがバンに乗りこみ、公園には穂積と立花、岩井と俺の四人が残った。

「ではいこうか」

穂積がいった。

「お待ち下さい」

立花がバンの一台に走った。助手席のドアを開け、ショルダーバッグを手に戻ってきた。

それを見た岩井が目をそらした。武器が入っているにちがいない。

「その腕章は外したほうがいい。ウイルス攘夷主義者だと宣伝しているようなものだ」

俺がいうと、穂積は無言で言葉にしたがった。立花もそれに倣《なら》う。

俺たちは徒歩で平和通りに向かった。

「あのビルだ」

穂積が指さしたのは、一階から最上階の九階まで、すべて新華僑の店が入った雑居ビルだった。中国料理店にカラオケボックス、バー、美容院、スーパーマーケットがテナントで入っていて、カラオケボックスは八、九階だ。待ち伏せにはうってつけの立地だ。エレベータと非常階段をおさえてしまえば、押しかけてきた「ヴァン・ヘルシング」に逃げ場はない。

「団長は残って下さい。自分がまず、ようすをうかがってきます」

立花がいった。

「俺もいっしょにいく。もし待ち伏せだったら、中はまっ暗だ。暗視スコープでもない限り、何も見えないぞ」

俺はいった。

「そうか。感染者にはそういう手があるのを忘れていた」

穂積はつぶやいた。

「団長は私が守ります」

岩井がいって、上着の中に手を入れた。俺はあたりを見回した。

「ここにいる限り、あんたたちは安全だ。感染者らしい奴はいない」

通行人の大半は中国人で、聞こえてくるのは中国語ばかりだが、我々を怪しんだり、敵意をもっているような会話はない。

「いこう」

俺は立花に告げた。俺たちはビルに入った。一階にはスーパーマーケットがあり、奥がエレベータホールになっている。

エレベータは二基あり、そのうちの一基は八階で止まっていた。俺はボタンを押した。もう一基のエレベータの扉が開いた。乗りこむと七階を押した。他に乗ってくる者はいなかった。

上昇するエレベータの中で、シグに初弾を装塡した。それを見た立花がショルダーバッグからウジをとりだした。イスラエル製の小型サブマシンガンだ。

「そんなもの、どこで手に入れた」

俺は立花をにらんだ。

「お前に関係ない」

立花は答えてボルトを引いた。

「本当にヤバくなるまでは撃つなよ。どこに弾が飛ぶかわからない」

「素人扱いするな。俺は元空挺部隊だ」

立花はいった。

「安心したよ」

七階でエレベータが止まり、扉が開いた。バーが何軒か入っているようで、中国語の歌声が聞こえた。

エレベータを降りた俺たちは非常階段で八階に上がった。

八階の廊下に明りはついていた。だが七階に比べるとひどく暗い。

「ここで待て」

俺はいって、八階の廊下を、エレベータの正面にある受付に向かって進んだ。

サングラスをかけた若造が、受付の椅子にだらしなくすわっていた。感染者だ。従業員には見えない。

「喂《ウェイ》」

俺は中国語で呼びかけた。

「听说这里有集会《ティンシォーヂェーリィーヨォジーホェイ》」

ここで集会があると聞いたと中国語でいった。

「は？　何だって？」

若造が日本語で訊き返した。こいつ中国人じゃない。

俺は若造の襟首をつかんでひきよせた。

「大声だすなよ。どこにいる？」

「な、何すか」

若造はサングラスの奥の目をみひらいた。

「とぼけるな。ウイルス攘夷主義者が押しかけてきたら、案内しろといわれてる筈だ」

若造の首を締めあげた。若造は怯えた目になった。

「き、九階す。エレベータで九階に上がって下さいっていえ、と」

「九階には誰がいる？」

「誰って……」

俺は腕に力をこめた。

「か、勘弁して下さい。何人《なにじん》かわからないけど、外国の連中です」

俺は腕を離した。

「帰れ」

「え？」

「巻き添えになりたくなかったら帰れ。ここにいると撃たれるかつかまるかのどちらかだぞ」

小声でいった。若造は俺を見つめていたが、こっくりと頷くと受付からとびだした。エレベータのボタンを押そうとするのを、

「階段でいけ」

俺はいった。若造は廊下を走っていった。

いれちがいに立花が現われた。ショルダーバッグに片手をさしこんでいる。

「何だ、今のガキは」

「ただの使い走りだ。エレベータのボタンを押した。八階で止まっていた箱が扉を開いた。

俺たちは乗りこんだ。九階のボタンを押したとたん、エレベータの照明が消え、まっ暗になった。

「どうした?!」

立花がいった。

「さがってろ。やたらに撃つなよ」

俺はいってシグを抜いた。エレベータが九階で止まり、扉が開いた。

九階はまっ暗だった。だが、廊下にうずくまる複数の人影が見えた。

俺はエレベータを走りでると、一番手前のカラオケルームの扉を開いた。暗くて中は無人だ。

「こっちにこい!」

立花が走りこんできた。大男だが、敏捷《びんしょう》な動きだった。

俺はカラオケルームの扉の陰にしゃがみ、叫んだ。

「『ヴァン・ヘルシング』なら、待っていてもこないぞ!」

廊下にいる連中は何もいわない。

「それどころか、パトカーが向かっている」

俺はいった。本当だった。俺の携帯の位置情報をもとにパトカーを派遣するよう、課長に頼んである。

「サキか?!」

聞き覚えのある声がいった。トオルだ。

「手前、自分からぶっ殺されにきたか」

俺は息を吸いこんだ。

「お前らのやっていることは、感染者が憎まれるようにしてるだけだって気づけ」

俺がいうとトオルが叫び返した。

「それがどうした? 憎まれたから何だっていうんだ。俺らは俺らの生きたいように生きるだけだ」

「うすぎたない感染者が偉そうに」

立花がいった。俺は立花をふりかえった。

「あんたは黙っていてくれ」

「そうはいかん。貴様たち外国人感染者は我が国から出ていけ！」

立花は怒鳴った。

「最低だな、サキ。お巡りなだけじゃなく、そんなクソ野郎の味方かよ」

「でていかないなら排除するだけだ」

いうなり、立花はウジを手にカラオケルームを飛びだした。

連射音が轟き、廊下が明るくなった。が、立花が弾丸をバラまいたところに人はいなかった。

ウジを手に飛びでてきた立花を見たとたん、トオルたちは別のカラオケルームに隠れたのだ。

立花が空になったウジのマガジンを抜き、戦闘服のポケットから新たなマガジンをとりだした。だが暗闇の中でさしこむのに手間どった。

トオルが扉の陰から現われた。拳銃を手にしている。

「危ないぞ！」

俺は叫んだ。が、立花には見えていない。

トオルが二発撃った。弾丸が命中したのか、立花の体が揺れ、廊下に膝をついた。

トオルは銃を手に歩みよった。立花の手からウジのマガジンが落ちた。トオルはそれを蹴り、立花の顔に銃口を向けた。

「やめろ！」

俺はシグをかまえ、扉の陰をでた。立花の戦闘服が血に染まっている。

「やかましい」

トオルが俺に銃口を向けた。俺は撃った。

トオルの腕がはね上がった。右腕を狙って撃ったのだ。この距離なら外さない。トオルは右肘を抱えこんだ。

「この野郎!」

トオルが叫んだ瞬間、カラオケルームからトオルの手下たちが姿を現わした。ざっと五、六人いて、どいつも銃やナイフを手にしている。

先頭にいるのが、トオルの手下だった。赤いコンタクトですぐに気づいた。手にナイフを握っている。

「死ねやっ」

つっこんでくるそいつの膝を撃った。もんどりうってひっくり返る。

トオルが俺をにらみつけた。

「サキ、手前、必ず殺す。何があっても殺す!」

もうひとりの手下がトオルの肩をつかんだ。

ベトナム語で叫んでいる。「パトカー」という単語だけがわかった。

トオルは手下に引きずられるように、その場を離れた。俺に膝を撃たれたトオルの手下も仲間に支えられ、逃げだした。

俺はずっとシグをかまえていた。一度に襲いかかられたらヤバかった。弾丸が尽き、嬲《なぶ》り殺しにされたろう。

トオルたちは廊下の反対側にある非常階段を降りていった。

立花を見た。頸動脈を探る。死んではいない。俺はその場から動けなかった。エレベータの扉が不意に開き、眩しいほどの光が廊下にさしこんだ。

「岬田！」

俺は手で光をさえぎりながらふりかえった。

前川課長だった。抗弾ベストをつけ、ニューナンブを握っている。

安堵で膝が折れた。思わず笑いだした。

「何を笑ってる」

あきれたように課長は俺を見た。

「何でもありません」

俺は首をふった。課長が抗弾ベストをつけ、拳銃を手に俺を助けにくるとは、夢にも考えていなかった。てっきりSATかERTに出動を要請するとばかり思っていた。

「ありがとうございます」

俺が礼をいっても、課長はあきれ顔のままだった。

17

立花は重傷だったが一命をとりとめた。穂積と岩井は、その場から姿を消していた。西池袋公園に集まっていた「ヴァン・ヘルシング」のメンバーには凶器準備集合罪が適用され、現行犯逮捕された。といっても、池袋署で調書をとられただけで解放されている。

穂積の居場所はわからず、岩井は電話で病欠を届けていた。監察が事情を訊きたがっているが、連絡をつけられずにいる、と俺は課長に聞かされた。

班長不在のまま、原の殺害は被疑者死亡で処理された。

トオルは手下とともに殺人未遂で手配された。が、行方をくらましていて、見つけだせる警察官がいるとすれば、俺くらいだった。

「警察官という身分を隠して接触していた上に、穂積の殺害を邪魔した君を、トオルは相当恨んでいるぞ」

課長はいった。

「ですが、もう一方の『無常鬼』であるモリに、これで貸しが作れました。李錫竜または杉野一郎に関して、情報が得られるかもしれません」

「そこまで連中を信じられるか?」

「『ヴァン・ヘルシング』が逮捕されたことはニュースになりました。警察が感染者ばかりに厳しいわけではないと『無常鬼』のメンバーにも伝わった筈です。テロ計画を本当に防ぎたいなら、私に情報を提供すべきだと考える者が現われてもおかしくありません」

課長は小さく息を吐いた。

「警察ではなく、君なんだな」

俺は頷いた。

「残念ながら、それは、そうです」

「だがその君を、もう片方の『無常鬼』はつけ狙っている。情報をエサに君を殺害しようとするかもしれん」

「充分考えられます」

「そうなったとき、モリといったか、『無常鬼』は君を助けるか?」

課長は険しい表情で俺を見つめた。俺は首をふった。

「そこまでは期待できません」

「すると君を支援する者はゼロか」

「ひとりいます」

「まさか、中国情報機関の女工作員のことをいっているのじゃないだろうな」

「そのまさかです。マコも俺も、どちらも所属先の支援を期待できません。マコは自分をフリーだといっていましたが、フリーであれば尚さら、中国側は助けないでしょう」

「君と深い関係をもっているのか」

「いえ。それは誓ってありません」

キスはした、とはいわないでおいた。

「彼女はどう動いている?」

「中国の情報機関がもっている李の情報を当たってもらっています」

「なるほど。在日中国人実業家の動向に、中国側は目を光らせているだろうからな」

課長は答えて、つづけた。

「だが、相手はスパイだ。最後の最後に裏切られるかもしれないと、常に自覚しておいたほうがいい」

俺は頷いた。裏切りは経験ずみだ。

池袋での騒ぎの二日後、正午過ぎにかかってきたマコからの電話で起こされた。

「早起きだな」

俺は携帯の画面を確認し、いった。

「世の中たいていの人間は起きている。寝ていたの？」

「たいていの人間じゃないんでね」

「李が事務所に使っている建物の情報が得られた」

俺はベッドから体を起こした。枕もとにおいたミネラルウォーターをひと口飲んで訊ねた。

「どこだ？」

「文京区の小日向《こひなた》」

「小日向？」

すぐには思い浮かばなかった。

「春日通りと音羽通りにはさまれた地区。大学やお寺が集まっている」

マコは説明した。

「そんなところに事務所があるのか」

「上野からもそんなに遠くない。『隆音物産《りゅうおん》』という会社が所有するビルにある。『隆音物産』は李が日本人と経営する会社で、共同経営者は長谷川俊也《はせがわしゅんや》という人物よ」

「何者だ？」

「貿易商ということしかわからない。『隆音物産』は、主に中国とベトナムから衣料品や雑貨を輸入している」

「つまり李の表の顔ということか」

「『トコヨ』『トコヤミ』の経営が裏の顔とすれば。長谷川について警察で調べられる？」

「やってみよう」

「夕方までにできる？　それとも昼間は絶対に外出できないの？」

「絶対じゃない。冬は紫外線が弱いし、マスクとサングラスをして帽子をかぶり手袋をはめりゃ大丈夫だ」

「思いきり不審者ね。そんな格好で警視庁に入れてもらえる？」

「入れる」

一度止められたが、身分証を見せて入った。

「じゃあ明るいうちはわたしが『隆音物産』のビルを調べておく。暗くなったら合流しましょ」

「何時だ？」

「七時に日比谷公園で」

一瞬躊躇《ちゅうちょ》した。だがしばらくは俺を襲おうという馬鹿はいないだろう。

「わかった」

電話を切るとベッドをでた。シャワーを浴び、外出の支度をする。スーツにネクタイを締め、本当はそこまで寒さを感じないのだがコートにマフラー、手袋をした上にソフト帽をかぶって自宅をでた。タクシーで桜田門に向かう。

警視庁に到着したのは午後二時過ぎだった。

昼間に登庁してきた俺を、国際犯罪対策課の同僚は驚いたような顔で迎えた。

話しかけてくる者はひとりもいない。マスクをしていても、感染するのを恐れているのだろう。

課長も驚いた顔をしていた。マコからの電話のことを話し、「隆音物産」と「長谷川俊也」を調べるために、組対だけではなく警視庁全体のデータベースにアクセスする許可を求めた。

許可を得ると総務課のＡＩの協力も受けて情報を集めた。

六時半になると地下駐車場に降り、覆面パトカーの貸与をうけた。担当者がかわっていた。

「前にいた人はどうしました？」

新しい担当者に俺は訊ねた。

「問題があったみたいで、つい先日、退職しました」

「問題？」

俺が訊き返すと、五十代の担当者は声をひそめた。

「政治団体だか何かにこっそり属していたのがバレたみたいで」

「そりゃ運が悪い」

俺はいった。西池袋公園に集結し、逮捕された「ヴァン・ヘルシング」の中にいたにちがいない。

覆面パトカーを、公園の入口に面した日比谷通りに路上駐車した。

七時きっかりに携帯が鳴った。

「どこ?」

「帝国ホテルのま向かいに路駐した車にいる」

「いくね」

まるでデートのようなやりとりだ。だが、シグの弾丸を補充し、予備の弾倉も準備してあった。

感染者に対する拳銃使用は、警視庁においては咎《とが》められないどころか、警察官の受傷、感染を防ぐためにむしろ推奨される傾向にある。被疑者が感染者とわかれば、警察官はただちに銃をかまえる。

銃を向けられたことで敵意をつのらせ、さらに抵抗する被疑者も少なくない。結果、発砲、射殺といった事例がこの数年、増えていた。

俺はまだ抵抗する被疑者を射殺したことはない。それは、俺の射撃技術が高いからだ。

上級の中でもさらに上位に属している。

増山を撃ったときは、とっさの発砲だったが、あらかじめ狙いをつける余裕がある場合は、頭や胸部といった致命傷になる部位を外して命中させられる。

装備しているシグの230が七・六五ミリ口径という、比較的小さな口径であることも射殺を避けられている理由だ。通常の警察拳銃であるニューナンブの三十八口径やERTやらSATが装備するシグの220やスミスアンドウェッソンの3913の九ミリパラベラムより威力が低い。

もちろん七・六五ミリ口径弾であっても、心臓や頭部の致命部位に命中すれば即死させることは可能だ。被弾によるショック死もありうる。

映画などでは、撃たれた人間は弾丸の摘出手術をうけ何日かすれば、何もなかったように動き回っているが、現実はそうはいかない。

弾丸に含まれる金属が内臓に悪影響を及ぼしたり、骨や腱を破壊されたことで障害が残ることもある。

早い話、今後トオルが右手をうまく動かせなくなったり、手下が歩くのに苦労するという結果を俺がもたらしたかもしれないのだ。

それだけに人間に対する発砲には慎重さが求められる。

が一方で、武装した犯罪者は、警察官を傷つけることをためらわない。特に感染者はその傾向にある。自分たちを差別する存在として、警察官に敵意を抱いているからだ。

たとえ俺を同じ感染者だと知っても、躊躇するどころか、トオルのようにむしろ憎しみをつのらせるのが関の山だ。

覆面パトカーの助手席のドアが開いた。

「お待たせ」

明るい口調でいってマコが乗りこんでくる。今日はトレンチコートの下にグレイのパンツスーツを着ている。

「スーツ姿、初めて見た。似合うわね」

マコはちょっと目をみはった。

「あ、嬉しそうな顔した」

「昼間、本庁に上がるんで、しかたなく着たんだ」

いったものの、ほめられて嬉しかったのは事実だ。

「で、何かわかった？」

「向かう途中で説明する」

答えて俺は覆面パトカーを発進させた。

「警視庁のデータベースに『隆音物産』に関する不審な情報はなかった。マコがいった通り、ベトナムと中国から雑貨を輸入している商社だ。関税法違反や、禁輸品を密輸しているという疑いはない。登記上の代表取締役は長谷川俊也、李錫竜は役員に名を連ねている」

文京区の小日向に走らせた。

「長谷川俊也に関してはどう？」

「何人かの長谷川俊也がひっかかった」

「何人か？」

「同姓同名の人物が複数、データベースに登録されている。ひとりは熊本の暴力団員で、傷害と恐喝での服役歴がある六十三歳。もうひとりは、ワッセナー協約に違反する大型非破壊検査装置を中国経由で北朝鮮に輸出していたことが発覚し、逮捕された四十八歳」

「そっちね、きっと」

「もうひとりいる」

「えっ、まだいるの？」

「インターネットを使った詐欺で二億円以上を稼ぎ、手配をうけるとタイに逃走、潜伏していた三十七歳だ。三年前に帰国し出頭して、二年の実刑をうけ、出所後の状況は不明だ」

「うーん。インターネット詐欺か」

マコは唸った。

「三人めの長谷川俊也には、ひとつちがいの弟がいた。一流大学の工学部をでて先端企業の開発室で働いていたが、長谷川が帰国する半年前にヴァンパイアウイルスに感染し、それが理由で解雇され、離婚、自殺している」

「悲惨」

「長谷川がタイに逃亡したのは、弟に迷惑をかけたくなかったからだと、出頭後、取調にあたった検察官に話している。その弟が自殺し、逃亡生活をつづける理由をなくし、自首したらしい」

「自殺した弟は優秀だったようだけど、兄はどうなの?」

「子供の頃は兄弟で秀才ぶりがもてはやされていたそうだ。兄は大学を中退後、その頭脳を違法な金儲けにいかした」

「でも弟の身に起きたことを考えると、ウイルスを憎んでも、パンデミックをひきおこそうとするかな」

「そのあたりは何ともいえない。共同経営者でも、李の計画を知らない、という可能性はある。『隆音物産』はどうだった?」

「昼間のようすは、ふつうのオフィス。部屋をまちがえたフリして中をのぞいたけど、いたのは女の社員ばかりで、男はひとりも見かけなかった」

　小日向に到着したのは、午後七時半近くだった。コインパーキングに車を止め、俺とマコは「隆音物産」が入るビルに徒歩で向かった。

　寺院と大学の敷地にはさまれた五階だてのビルだ。低層だが、造りは新しい。竣工してからまだ一、二年といったところだろう。

　二十ほどある窓の半数以上に明りが点っていた。一階の入口は開いていて、警備員はいないが監視カメラが設置されている。案内板によれば、ビルには十以上の企業や事務所が入居しており、「隆音物産」は三階に入っている。

　まだ新しいビルの中は清潔で、夜間ということもあり、静まりかえっていた。「隆音物産」が李錫竜の関係する会社だとしても、ここに「無常鬼」のメンバーがいるとは思えなかった。

「どうする？」

　マコが訊いた。

「とりあえずいってみよう」

　俺はいってエレベータのボタンを押した。

「こういうとき、国家権力は便利ね。いいわけなしで訪ねていける」

　開いたエレベータに乗りこんだマコはいった。

「かわりにいきなり撃たれる可能性もある」

「大丈夫」

　マコはいってコートを示した。

「ケブラー繊維の内張りつきだから。ちょっと重いけど」

ケブラー繊維は抗弾ベストの素材に使われている。

「お洒落だな」

「そのぶんお高いわよ」

「公僕には無理か」

マコはにたっと笑った。

エレベータが三階に到着した。俺は用心のため、シグに初弾を装塡した。見ていたマコに、

「もってるか」

と訊ねた。

「秘密」

「隆音物産」は、エレベータを降り、廊下を右に進んだつきあたりにあった。ガラス製だが、見通せない扉の横に、パスをかざすモニターと一体になったインターホンがある。

俺はインターホンを押した。ガラス扉の奥が明るいか暗いかは判別できないが、下から見た限り、三階の窓にはすべて明りが点っていた。

「はい」

インターホンから女性の声が流れた。

「どちら様でしょう」

「夜分、おそれいります。私、警視庁の岬田と申します。うかがいたいことがあってお訪ねしました」

「身分証をおもちですか」

女は訊ねた。俺はバッジをモニターにかざして見せた。写真つきのページも見せる。

わずかに間をおき、

「どうぞ」

ガラス扉が開いた。

俺とマコは扉をくぐった。低いカウンターがあって、その先にデスクが並んでいた。女がそのひとつにかけていた。ジーンズにハイネックのセーターを着ている。

他に人の姿はない。

「突然お邪魔して申しわけありません。こちらの経営者の方に、少しうかがいたいことがございまして」

女がマコにも身分証を見せろといいだす前に俺は告げた。もっともマコのことだから、何かは準備していそうだ。

「どんなことでしょう」

女はいって立ち上がり、カウンターに歩みよってきた。年齢は四十代の初めだろう。言葉に訛はなく、化粧は薄い。

「わたしも経営者のひとりです。販売担当役員の森川と申します」

女はいった。

「失礼しました。長谷川さんか李さんにお話をうかがえれば、と思っていたのですが」

「長谷川は出張中で、李は本日は帰りました。当社の業務に関することでしょうか」

森川は訊ねた。どことなく不安げだ。

何といおうか考えていると、

「陝家正という人物が御社におられませんか。または杉野一郎かもしれません」

マコが訊ねた。森川の表情がかわった。

「陝という人は知りませんが、杉野一郎ならおります」

「今もいらっしゃいますか」

「いえ。杉野は長谷川の出張に同行しております」

「失礼ですが、出張先はどちらでしょう?」

俺は訊ねた。森川は俺を見つめた。

「あの、もう一度身分証を見せていただけますか」

俺は提示した。

「国際犯罪対策課……」

森川がつぶやくと、

「密輸などを取締る部署です」

マコがいった。おおざっぱな説明だが、貿易会社を訪ねるいいわけにはなる。

「出張先はどちらでしょう?」

俺はもう一度訊ねた。

「あの、長野です」

「長野県、ですか」

森川は頷いた。

「いつまで長野に？」

「明日には戻ります」

「杉野さんも、ですか」

「そう聞いております」

「明日、お二人とも出社されるということでよろしいですか」

マコがいった。

「はい。あの、杉野が何か？」

「杉野さんは御社ではどのようなお仕事をされているのでしょうか」

俺は訊ねた。

「それは……。つい最近入社したばかりで、今は長谷川の秘書のようなことをしておりますが」

マコがバッグから携帯をだし、画面を森川に向けた。

「杉野さんですか？」

白衣を着けた細面の男がうつっている。俺は思わずマコを見た。杉野の写真をもっているとはひと言もいってなかった。

森川は頷いた。

「はい。杉野です」

「出張は、長谷川さんと杉野さんのお二人だけでいかれているのでしょうか」

「そうです」

マコが俺を見た。

「立ちいったことをうかがいますが、長野出張の目的は何でしょうか」

俺は訊ねた。ベトナムや中国から雑貨を輸入している会社と長野との関係がわからない。

「長野に、弊社の大口のお得意様である衣料品量販チェーンがございまして、そちらへの挨拶回りと聞いております」

「お得意様への挨拶回りですか?」

マコが訊き返した。

「そうです」

「森川さんは販売担当の役員とおっしゃられましたね。お得意様回りに同行されなかったのですか」

鋭いところを突いている。

「あの、本当はわたしも同行する予定だったのですが、別のお得意様の対応にあたることになりまして」

「杉野さんは、長谷川さんの秘書のような仕事をされているとうかがいましたが、実際の業務は、どのような内容なのでしょうか」

マコが訊ねた。

「データ管理です。長谷川の指示で、弊社の売り上げ等のデータ管理にあたっております」

「こちらで、ですか?」

「いえ。自宅勤務が中心です。長谷川からデータを受けとり、ふだんは自宅で作業にあたっております」

「杉野さんが入社されたのはいつ頃でしょう?」

俺は訊ねた。

「今年の七月です」

「するとまだ半年もたっておられない」

森川は頷いた。そして訊ねた。

「あの、杉野が何か?」

「申しわけありません。今はお答えできません。それと我々がうかがっていろいろ訊ねたことも、杉野さんや長谷川さんには内緒にしていただきたいのです」

「え?」

「非常に微妙な事案でして、情報が洩れるのを、できる限り避けたいのです」

俺は森川の目を見ていった。森川は不満そうな表情を浮かべたが、無言で頷いた。

「杉野さんの自宅の住所をご存じですか」

「わたしは知りません。知っているのは長谷川だけです。弊社は個人情報の取扱いには慎重に対応しております」

「杉野さんが入社されたきっかけをご存じですか。長谷川さんがどこかでスカウトされてきたとか」

マコが訊ねた。

「長谷川ではなく李だと思います。李が、どなたかの紹介で、ひっぱったと聞いております」

「李さんはここでどのようなお仕事をされているのでしょうか」

「中国企業との調整や現地での買いつけなどです。弊社の専務取締役です」

「御社を設立されたのは、長谷川さんと李さんですか？」

「はい。去年、弊社は創業いたしました」

「去年ですか。ではかなり順調に事業が進まれたということですね」

「おかげさまで。李専務の功績だと聞いております。わたしも、今年の三月に別の会社から移って参ったばかりで」

森川はいって目を伏せた。俺は気づいた。

「隆音物産」は、長谷川と李が作った、一種のダミー会社だ。貿易会社の業務は、頻繁な海外渡航をカモフラージュするためで、違法な取引はおこなっていないかもしれないが、税関や警察、出入国在留管理庁などに目をつけられずに活動するための隠れミノにちがいない。

この森川も、表向きの事業にしかかかわっておらず、「隆音物産」の実態にどこまで通じているか疑問だ。

「なるほど。承知しました。李さんと連絡をとりたいのですが、連絡先を教えていただけないでしょうか。あ、森川さんからうかがったことはいいませんので」

俺はいった。

「携帯電話の番号でよろしいでしょうか。李専務の自宅も、わたしは知らないので」

「けっこうです」

李の携帯の番号を聞き、再度俺は森川に口止めして、「隆音物産」をでた。

「去年創業したばかりで、こんな新しいビルにオフィスをかまえるなんて、マネーロンダリングの匂いがぷんぷんする」

ビルをでるとマコがいった。

「まったく同感だ。『無常鬼』やそれ以外のうしろ暗い商売で稼いだ金を、この会社で洗っているのだろう」

「するとボスは李で、長谷川はお飾り？」

「それはまだ何ともいえない」

答えて、俺は警視庁組対総務のＡＩに、李の携帯の位置情報取得を依頼した。

「やっぱり国家権力って便利」

マコがいった。

「情報が入ってくるのは明日以降だ」

「なーんだ。感心したのに」

俺たちは止めていた覆面パトカーに乗りこんだ。

「どうするの、これから」

「『トコヤミ』にいく」

「営業停止中じゃないの？」

「店はやっていなくても、人がいる可能性がある。特に経営者は」

「なるほど」

「ところで――」

俺がいいかけると、

「これでしょ」

マコが携帯を掲げた。

「そう。写真があるなら、なぜ教えてくれなかった？」

俺は画面を見つめた。白衣を着けた男と常先生が写っている。男は色白で三十そこそこに見えた。

「いったいいつの写真だ？」

「三年半前。安全部の尻を叩いて、ようやく手に入れた」

「常先生は安全部の監視対象だったのか」

「監視対象だったのは、杉野一郎のほうよ」

「なるほど」

杉野が何か事件を起こせば、それは日本の政治家である父親の弱みになる。

「安全部は父親に接触しているのか」

俺は覆面パトカーを発進させ、訊ねた。

「わからない。杉野が『グリーンボマー』のテロ計画に協力しているという証拠をつかむまでは接触していないかも」

「その証拠は誰が手に入れるんだ？」

「わたしたち」

俺は唸った。中国情報機関による日本人政治家への脅迫に手を貸す、というわけだ。

「悩むでしょう。だから写真のことはいわなかったの」

「それ以前の問題だ」

「証拠をつかんでも、すぐに父親に接触するとは限らない。日本人の政治家を脅すより、テロ計画を防ぐほうが重要だから」

マコはいった。

「父親の今の地位は？」

「衆議院議員で、与党の外交政策委員」

「それなりの大物だな」

「だからこそカードを切るタイミングを見はからっているともいえる」

俺は息を吐いた。マコはおそらく日本人だ。日本人なのに中国情報機関に協力するのを咎めるなら、そのマコと共同で捜査にあたっている俺も責めを負わなければならない。

「今は国がどうのといっているときじゃないな」

俺はつぶやいた。パンデミックが起きれば、国家を超えて、感染者と非感染者の対立が生まれる。

マコを見た。マコが小さく頷いた。

「あなたならそう考えるって、明林もいっていた」

18

覆面パトカーを止めた俺は、マコと「トコヨ」に向かった。看板の明りは消え、入口のガラス扉にはチェーンが張られている。「CLOSED」の札がでているが、どういう事情でいつまで休業する、といった貼り紙などはない。

「トコヨ」が閉まっていたら「トコヤミ」に入ることもできない。

「ここでサキに初めて会ったのよね。すごく昔に思えるけど」

マコがいった。

「そんなに前じゃない。地下が隣のビルとつながっていたといったな。どのビルだ？」

「こっちよ」

マコは、建物の裏側をさした。「トコヨ」「トコヤミ」が入るビルの裏手には、四階だての雑居ビルがあった。かなり古い建物で、一階にはコインランドリーが入り、二階から上はトランクルームになっている。

「裏口というのは？」

マコはビルとビルのあいだのすきまを示した。人ひとりがやっと通れるほどの幅しかない。

「この奥。夏だったら絶対ゴキブリとかいそう」

空き缶が転がり小便の臭いがたちこめている。俺は無言ですきまに入った。五、六メートルほど進むと、エアコンの室外機が数台おかれた空間にでた。そこだけ少し広くなっている。

錆《さび》の浮いたスティールの扉があった。

俺はノブをつかんだ。鍵がかかっている。

「開ける？」

マコが訊ねた。開けて入れば違法捜査だ。だが「トコヤミ」に人がいるなら、「無常鬼」のメンバーにちがいない。

俺はマコの問いに頷いた。

「こういうとき民間人は便利だな。俺はマコの案内で入ったことにする」

マコは鼻を鳴らし、ショルダーバッグを開いた。ピッキングケースをとりだし、

「照らして」

といって、扉の前にかがんだ。俺は携帯で鍵穴を照らすと同時に目をそむけた。

数分後、錠前が外れた。

「オッケイ。ちょっと待って」

ピッキングケースをバッグに戻したマコが、目薬の容器をとりだした。

「どうせ中はまっ暗でしょ」

目薬をさす。瞳孔を広げる薬のようだ。

「効果がでるまで待って」

目を閉じ、俺の腕に手をかけた。やがて目を開くとまばたきした。

「見えるか？」

マコは小さく頷いた。

「効果はどれくらいつづく？」

「一時間てところ」

「うしろからきてくれ」

俺はいってノブを引いた。

扉の内側は狭い通路で、その先はすぐに階段になっていた。照明はついておらず、俺につづいて中に入ったマコが扉を閉めると、暗闇になった。

マコが俺の肩に手をかけ、小声でいった。

「ついてくね」

俺は階段を降りた。暗いが、本当の闇ではないので、一段一段、見てとれる。

階段を下りきった先に再び狭い通路があった。湿ったコンクリートと下水の臭いが鼻を突く。

通路の天井には豆電球のような明りがひとつついている。

通路の長さは十メートルほどで、つきあたりにまた階段があった。

「この階段の先が『トコヤミ』よ」

耳もとでマコがいった。息が吹きかかる。

「わかった。ここで待っていてくれ」

いって俺は忍び足で階段を上った。上りきった先に短い通路があり、奥は扉だった。

扉のすきまから低い話し声が聞こえた。俺はしゃがみ、耳をすませた。

ベトナム語のやりとりだった。ダウドン（苦しい）という言葉が混じっている。

俺はシグを抜き、扉のノブをつかんだ。鍵はかかっていなかった。

扉を大きく引いた。

「トコヤミ」の店内だった。中央にある円形のカウンターによりかかるようにして、床に二人の男がすわり、ひとりがソファに体を預けていた。トオルだった。右腕を吊っている。

「動くな！」

俺は三人にシグを向け、いった。床にすわっているひとりは、ギプスを右足にはめている。俺が膝を撃った手下だ。

「お前」

トオルが目をみひらいた。あわてて、無事なほうの手下が立ち上がった。

「李にかくまってもらったか」

俺は銃口をそいつにも向け、いった。あまり三人に近づくのはマズい。狙いが広がりすぎる。

「ぶっ殺されにきたか、おお⁈」

いって、トオルが左手を腰に回した。

「やめろ。今度は頭をぶち抜くぞ」

「やってみろや」

いったが、トオルの手は止まった。

いきなり何かが飛んできた。松葉杖だった。床にすわっていたギプスの手下が投げたのだ。

反射的に身をかがめると、トオルが銃を抜いた。俺は手近のソファの陰に飛びこんだ。

ソファの背もたれが吹きとんだ。とても弾よけにはならない。

さらに無事なほうの手下が銃を撃ち、俺の鼻先の床に弾丸がめりこんだ。耳がキンとなり恐怖に体がすくんだ。

「ちょっと！」

女の声がした。マコだった。扉から身をのりだしている。手下が撃ち、マコがきゃっと声を上げた。マコの悲鳴に俺はかっとなった。ソファの陰から立ち上がり、手下の右肩を撃った。

「マコ⁈」

ふりかえった俺の胸を衝撃が襲った。息が止まり、目の前がまっ白になった。

トオルが銃を向けていた。俺は床にひざまずいた。呼吸ができない。

トオルが歩みよってきた。左手に大型のリボルバーを握っている。初めて見る銃だった。

「やっとだ。やっと殺れるぜ」

トオルが銃口を俺に向けた。

不意にスタンガンの放電音が響き、青白い閃光があたりを明るくした。トオルがぎゅっと体をこわばらせ、

「手前！」

目をみひらき、ふりかえった。マコがスタンガンをトオルの腰に押しつけていた。トオルが銃でマコの顔を殴りつけた。マコは声もたてずに床に転がった。

俺はようやく息を吸いこんだ。鋭い痛みが胸に走った。大型リボルバーの弾丸が抗弾ベストにくいこんだ衝撃で、アバラが折れたにちがいない。

床に左手をつき、右手のシグをかまえた。目の前にトオルがいた。狙いもつけず撃った。

一発。二発。三発を撃った。

トオルが俺をにらみつけている。俺はその目を見返した。

トオルの目が裏返った。無言で俺に倒れかかってくる。強い血の匂いがした。

トオルの体を押しのけ、ソファに手をかけて体を起こした。深呼吸する。

痛みが少しおさまった。恐る恐る抗弾ベストを見た。胸のまん中が大きく凹み、潰れた弾丸がくいこんでいた。貫通はしなかったのだ。

ジャケットの下に抗弾ベストを着けていなかったら即死したろう。

俺は倒れているマコに駆けよった。ギプスをはめた手下がぴょんぴょんとびはねて店から逃げだしたが、放っておいた。

「マコ」

頬骨の上が切れて血がにじみ、腫れ始めている。

「痛《い》ったーい」

マコが呻くようにいった。

「じっとしてろ」

俺はいって、トオルをふりかえった。確かめるまでもなく、トオルは死んでいた。俺の撃った三発は、腹と胸に命中していた。

ついに人を殺してしまった。

「くそ」

つづいて、肩を撃った手下に歩みよった。こっちは生きている。少し離れた場所に、トオルがもっていたのと同じ、大型のリボルバーが落ちていた。

大昔に、アメリカ占領軍から日本の警察官が貸与されていた軍用リボルバーに形が似ていた。同じタイプなら四十五口径で、とんでもなく威力がある。

床にうずくまった手下は薄目をあけて俺をにらみ、ベトナム語を吐きだした。何かを捜すように、あたりを見回す。

「こいつか」

俺は拾ったリボルバーを掲げた。手下は息を吐き、天井を見上げた。

「トオルは死んだぞ」

俺がいうと、顔がこわばった。

「嘘だ」

「嘘じゃない。自分で見ろ」

手下は首をのばし、倒れているトオルを見つめた。

「トオルさん、トオルさん!」

俺は手下の襟首をつかんだ。

「『無常鬼』なんかに踊らされるから、こんなことになったんだ」

「うるせえ!」

俺は息を吸いこんだ。

「トオルは幸せだったかもな。刑務所で骨と皮になって死なずにすんだんだ」

手下は目玉だけを激しく動かした。赤いコンタクトが哀れだ。

「杉野はどこにいる？」

「杉野？」

「『グリーンボマー』に協力しているウイルス学者だ」

「何いってんだ？　わけわかんねえ」

俺は手下の襟首を離した。

フラつきながらマコが歩みよってきた。

「大丈夫か」

「骨は折れてないみたい。きっとすごいアザが残る」

頬に手をあて、答えた。

「アザならいずれ消える」

いって俺は携帯をとりだした。


パトカーと救急車がくる前にマコはその場から姿を消した。

俺は落ちこんだ。トオルを射殺までしたのに、手がかりが得られなかったからだ。

トオルたちがもっていたのは、アメリカのスミスアンドウェッソン社製の四十五口径リボルバーだった。威力はあるが弾速が遅く、貫通力が低いので、俺は命を失わずにすんだ。

逃げたトオルの手下は、上野駅の近くでバイクを盗もうとしていたところを警邏《けいら》中のパトカーに見つかり、逮捕された。

翌日、俺は二人の手下の取調にあたった。

二人は、「グリーンボマー」のテロ計画について、何も知らなかった。トオルは知っていたかもしれないが、確かめることはできない。

唯一の収穫は、トオルたちがもっていたリボルバーの入手先をつきとめられたことだ。

課長は、折れたアバラの治療も兼ねて、二、三日休め、と俺にいった。だが休めば銃をもつことができない。「無常鬼」にいつ襲われるかわからないのに、丸腰でいたくなかった。

証拠品として提出したシグのかわりに、俺はニューナンブを貸与された。制服勤務以来だ。弾数は減るが、威力は上がった。予備の三十八口径弾も携行し、俺は川崎にでかけていった。「サイゴン」の店先に覆面パトカーを止めたのは、午前零時過ぎだった。まる一日、一睡もしていなかったが、眠けはまるでない。

周辺の道路がやけにすっきりしていた。路上駐車やバイク、自転車が止まっていない。「トコヤミ」でトオルが死んだことはまだ公になっていない。組対部長と公安部長が話し合い、テロ計画の阻止が確認されるまで、感染者がかかわった事件、事案には情報統制がしかれたのだ。それでも、いったん逃げだした手下の口から話が流れたようだ。

トオルは「サイゴン」の常連だった。捜査を恐れ、ほとぼりがさめるまで感染者は近づかないのだろう。

俺は「サイゴン」の扉をくぐった。客は、隅のテーブルにいる男二人だけだった。そいつらも俺を見るなり立ち上がり、「サイゴン」をでていった。

「何しにきた。出禁といった筈だ」

カウンターの中にいたミンがいった。

「どうせ客はいない」

俺は店内を見回し、いった。

ミンが手にしていたナフキンをおいた。カウンターをはね上げ、外にでてくる。

「誰のせいでいないと思ってる」

腰に手をあて、俺をにらみつけた。

「トオルとあんたのせいだ。手下が吐いたぞ。でかい拳銃をここで手に入れたと」

ミンの表情がこわばった。

「奴らが何に使うか、わかっていた筈だ。それとも感染者のお巡りなら殺ってもかまわないってことか」

俺はいってニューナンブを抜いた。

「だったら自分の手で殺れよ。まだ隠しているのだろう。あの馬鹿でかいリボルバーを」

ミンは俺が手にしたニューナンブを見つめた。

「俺も撃ち殺そうってのか」

「勝負だよ。あんたも銃をもって、俺と勝負するんだ」

ミンはまばたきした。

「何いってんだ、サキ」

「つべこべいわないで、銃をもってこい！」

俺は怒鳴り、つづけた。

「トオルは嫌な野郎だった。だからって殺したいとは思っちゃいなかった。それを殺す羽目になったのは、あんたのせいだ。あんたはわかっていた筈だ。トオルに銃を渡せば、俺と殺し合いになると」

ミンは大きく息を吐き、天井を見上げた。

「俺は中立を保ちたかった。だがお前が現われ、それは無理になった。感染者のデカがいるなんて、誰も考えてなかった。警察につくか、敵になるか。感染者ならどちらを選ぶか、わかるだろう」

「わからないね。あんたなら中立でいることができた筈だ。馬鹿がハネ上がらないよう抑え、これ以上感染者と非感染者の溝を深めるなと諭せたのじゃないのか」

俺はいった。

「それと警察は別だ。ウイルス攘夷主義者の中にもお巡りがいる。あいつらは感染者を目の敵にして、スキがあれば痛めつけてる」

「だが殺しちゃいない。トオルは同じベトナム人で感染者だったチューを殺した。感染者なら感染者を殺してもいいってのか」

「あれは『無常鬼』が命じたことだ。俺には関係ない」

「だったらなぜトオルはここで銃を手に入れた。知らないあいだに取引があったとでもいうつもりか」

ミンは床に目を落とした。

「確かにトオルに銃を渡したのは俺だ。だが用意したのは別の奴だ。使いの者がここに銃を届け、それを俺がトオルたちに渡した」

「じゃあここにはもう一挺もないというのか」

「ない。嘘だと思うなら調べてみろ」

ミンは顔を上げ、俺をにらみつけた。俺たちはにらみあった。

俺は息を吸いこんだ。

「俺はずっとあんたに負いめを感じていた。ここに出入りしているのに、警察官だというのを秘密にしていたからだ。どんな感染者でも、トオルのような奴でさえ、あんたには逆らわず、俺はすごいと思っていた。感染者と非感染者の対立を避けたいというあんたの考えにも感心した。そのあんたが『無常鬼』のいうことを聞くとは、がっかりだぜ」

「いったろう。お前が現われたことで、中立が保てなくなったって。お前の味方をしたら、感染者はすべて敵になる」

「ふざけるな！　じゃあ俺はどうなる。なぜ俺が警察官をつづけていると思う？　お巡り全部が感染者の敵じゃないってことを、証明するためなんだぞっ」

ミンは小さく頷いた。

「そうだろうな。お前がお巡りだったってわかってから、俺も考えた。お前がお巡りを辞めないでいる理由をな。お前は、俺なんかよりよっぽど度胸がある」

「少し前ならあんたにそういわれたら嬉しかったろう。だが今は嬉しくないね」

俺は首をふり、ニューナンブを腰に戻した。

「あんたが銃を渡したってのが、まちがいであってくれればいい、と俺は思ってたよ」

「日本人だった」

ミンがいった。俺はミンを見直した。

「トオルに渡す銃をここにもってきた男だ」

ミンがつづけた。

「感染者か」

俺の問いにミンは首をふった。

「ちがう。『無常鬼』の奴から電話があり、使いの人間が銃を届けるが、そいつは感染者じゃないといってきた。感染者はお巡りに目をつけられやすいので、銃を運ばせられないといって」

「『無常鬼』の誰からだ？」

「李だ」

ミンは答えた。

「トオルは池袋の一件で怪我もしたし、追われていて動けない。だがお前に仕返しをするための道具を欲しがっている。そこでトオルの手下がとりにくるから、ここで渡してほしいと頼まれた」

「そしてその道具を日本人がもってきたのか」

「そうだ」

「名前はわかるか」

「知るわけがない。だが動画ならある」

「動画？」

「お前の一件以来、囮《おとり》捜査を警戒していた。そこで、運んできた奴の動画をこっそり撮った」

「それを俺に渡せ」

ミンは考えこんだ。俺はいった。

「中立に戻るチャンスだ。このままじゃ、あんたは『無常鬼』の手先にされる」

「ふた股をかけろってのか。サツと連中と」

ミンは怒ったようにいった。

「だからどうした？　ふた股をかけようが、どうしようが、感染者全体のことを考えろ」

ミンは黙った。やがていった。

「ヴァンパイアウイルスをばらまこうとしているテロリストがいるっていう、お前の話を確かめようと、俺は知り合いに連絡をとった。テロリストと組んでいない連中は恐がっていた。もしテロが起きて、感染者が一気に増えたら、殺し合いが始まるという奴までいた」

「まちがってない。テロリストは、木更津までいって、血を集めている」

ミンは頷いた。

「それも知り合いから聞いた。止めようとした奴との小競り合いも起きているらしい。感染者どうしが争っているんだ」

「テロリストは、杉野というウイルス学者に、感染力の強い変異株を作らせているんだ」

「そいつを捜しているのだろうが、俺はどこにいるのか知らない」

「おそらく李が知っている。ここに道具を届けた日本人は、李の仲間だ」

「わかった」

ミンはいって、ベストのポケットから携帯をとりだした。

「今から送る」

俺の携帯に動画が届いた。動画の日付は、池袋での騒ぎの翌日だった。

照明の明るい「サイゴン」に客はおらず、アタッシュケースをさげたスーツ姿の男が映っていた。マスクをしているがすらりとして垢ぬけた雰囲気がある。ひと目みて、運び屋のチンピラじゃないとわかった。身につけているものにも金がかかっている。男は「サイゴン」に入ってくると、カウンターの上にアタッシュケースをおき、すぐにでていった。カウンターの中にいたサングラス姿のミンとひと言も会話を交わしていない。

「これだけか」

訊ねた俺にミンは頷いた。男の年齢は、四十に届いているかどうかだ。

「金をもってそうに見えた。ただの使い走りじゃないし、日本人だと思う」

俺が感じたのと同じことをミンもいった。

俺は携帯を操作した。マコあてに動画を送った。件名は「この男が誰だかわかるか」だ。

「知らない顔だが、正体をつきとめる。李やテロリストとつながっている筈だ」

俺はいった。

「好きにしろ」

ミンは顔をそむけた。自分のしたことを後悔しているようだ。

「いずれ俺もパクるんだろうが」

俺は驚いた。

「そんなことは考えてもいなかった」

「嘘をつけ」

「あんたをパクったら、感染者が安心して飲める店がなくなる。そんな嫌がらせをする気はない」

「ふた股かけたごほうびってわけか」

ミンは顔をしかめた。

「そんないいかたはあんたらしくない。またくる」

俺はいって、「サイゴン」の扉を押した。

「二度とくるな」とは、ミンはいわなかった。

19

止めていた覆面パトカーに乗りこむと携帯が鳴った。マコからの返信かと思ったが、組対総務のＡＩからだった。李の携帯電話の位置情報を送ってきたのだ。それによると、李の携帯は電波がひどく弱く、位置情報の取得に時間を要したとある。

電波を遮断するケースに携帯を入れ、もち歩いているのかもしれない。居場所を特定されたくない奴らがとる手段だ。それ用のバッグも闇マーケットで売られている。

万引防止のタグも、そのバッグに入れると反応しなくなるからだ。

李の携帯は、この二十四時間、東京都内を動き回っていた。ただ電波が弱いため、どれくらいの時間、それぞれの位置にとどまっていたのかはわからない。

一瞬、電波をとらえた基地局の近辺にいたのか、数時間にわたっていたのか、判断ができないというのだ。

捕捉できた住所は、全部で七ヵ所だ。港区六本木三丁目、墨田区江東橋四丁目、文京区小日向三丁目、台東区池之端一丁目、北区赤羽南一丁目、新宿区大久保一丁目、品川区西五反田四丁目となっている。このうち突出して都心部から離れているのが、北区赤羽南で、それ以外の六ヵ所はおおむね二十三区の中心部に集まっている。

文京区の小日向三丁目には「隆音物産」があり、台東区池之端一丁目は「トコヨ」「トコヤミ」の所在地だ。

残る五ヵ所のどれかに、李の住居《やさ》があると俺はにらんだ。このうち港区六本木三丁目と墨田区江東橋四丁目は除外することにした。どちらも盛り場だ。江東橋四丁目には「ケサン」がある。

残るは三ヵ所、北区赤羽南と新宿区大久保、そして品川区西五反田だ。だが、位置情報に時刻の記載がないため、この三ヵ所のうちのどれかが確実に住居だとの判断は難しい。

「トコヨ」での原の殺害以降、李と会った警察官はいない。李は実質的な経営者であっても、「トコヨ」「トコヤミ」の風営法上の経営者は日本人の名前になっている。そのため、事件に関して李には警察の事情聴取をうけるいわれがない。

書類上の経営者は、阿部という六十代の男で、常先生が「トコヨ」「トコヤミ」を始めたときからかわっていなかった。

とにかく李を見つけなければならない。俺はＡＩに、ミンから提供された動画を送った。

「サイゴン」に銃を届けた男の画像をＡＩに認識させ、データベース上の人物と一致しないか、検索させる。顔識別の機能は進化していて、マスクやサングラスていどの変装だったら、高確率で正体を割りだすことが可能だ。

ただし一致度が百パーセントでなければ、裁判の証拠としては採用されづらい。百パーセントというのは、人間の目で見ても明らかに同一人物というレベルだ。

電話が鳴った。マコからだ。

「顔の傷はどうだ?」

「骨は折れてなかった。でもまっ黒いアザになって、大きなマスクでもしなきゃ、とても外にはでられない」

マコは答えた。

「動画を見たか?」

「見たけどわからない。何者?」

「トオルたちに銃を届けた男だ」

「日本人で、感染者でもないのに?」

「李にいわれて届けたようだ」

携帯にメールが届いた。ＡＩからの回答だ。

「待ってくれ」

俺は告げ、メールをひらいた。一致度の高い順で人名リストが並んでいる。トップは、

「一致度92パーセント、長谷川俊也、電子計算機使用詐欺罪で服役。現在地不明」

だった。

「わかった。長谷川俊也だ」

俺はマコに告げた。

「マジ？」

「マジだ」

「つまり確信犯で『無常鬼』や『グリーンボマー』に協力しているってことね」

「そのようだ」

「安全部に何か情報がないか、訊いてみる」

「頼む。俺も当たってみる」

電話を切り、モリの固定電話を呼びだした。

長い呼びだしのあと、留守番電話が応答した。機械音声が、近くにいないから用件を吹きこめといった。

「警視庁の岬田だ。電話をくれ」

吹きこんで切った。一分とたたないうちにかかってきた。

「モリだ。池袋の一件は、警視庁にしては評価できる結末だった」

「その後、杉野に関する情報はないか」

「杉野はおそらく『グリーンボマー』の人間と行動を共にしている。杉野の消息を知る感染者

は非常に少ない」

「長谷川俊也という男を知っているか。李とつながっている非感染者だ」

俺は訊ねた。

「聞いたことのない名だ」

「長谷川と李は『隆音物産』という商社を経営している」

『隆音物産』は知っている。金を洗うために、李が作った会社だ」

「その社長が長谷川だ」

「非感染者は、感染者との関係を公にしたがらない。金融機関や不動産会社から色眼鏡で見られるからな」

「今からいう地名で、李と関係がありそうな場所を教えてくれ。北区赤羽南、新宿区大久保、品川区西五反田」

「どこも心当たりはない」

駄目か。

「じゃあ、港区六本木、墨田区江東橋――」

「六本木だ」

モリがいった。

「六本木が何だ?」

「感染者のための新しい店を李が開こうとしているという話はしたな」

「死んだ増山に経営を任せようとしていたという店か」

俺は答えた。

「李はそのために、六本木にある古いビルを買いとり、改装する計画をたてていた」

「六本木のどこだ」

「詳しくは知らないが、裏通りの筈だ。表に面している建物は高額だし、感染者も入りづらい」

「その計画はどうなっている？」

「詳しそうな人間に訊いて、すぐ連絡する」

「頼む」

モリは電話を切った。俺は都内に向け、覆面パトカーを走らせた。

カーナビゲーションの地図で見ると、六本木三丁目は、外苑東通りと六本木通り、首都高速に囲まれた三角形の地帯で、中心部に寺や墓地がある。

飯倉インターで首都高速を降りたときに携帯が鳴った。モリからだ。

「建物内部の工事は終わり、内装の業者が入るのを待つだけだそうだ。ビルの外装をさわると警察がようすを見にくるので、あえてかえず、窓を潰しただけらしい」

「ビルの名は？」

「旧ナカノビルだが、その名をかえずに使うようだ。それと、長谷川を知っているという者がいた」

モリはいった。

「長谷川はどんな奴だと？」

「腹のすわった男らしい。李や他の客といても、感染者を恐がるようすはなかった。タイにいたことがあり、軍隊とのコネを作って訓練にも参加し、銃の扱いを身につけたそうだ。そのときに武器ブローカーとつきあいが生じ、銃を入手するルートがあるといっていたという」

「銃の入手ルートだと?」

「本当かどうかはわからないがな」

事実ならば、トオルに渡したリボルバーは長谷川本人が用意したものかもしれない。

「わかった」

「『トコヨ』の一件以来、李は潜っていて、かなり親しい人間にも居場所を知らせていない」

「つきとめられないか」

「やってはいるが、小競り合いが起きている」

「小競り合い?」

「感染者どうしの対立が始まっているんだ。李の息のかかった者が、このままでは我々は追いつめられ生きていけなくなると煽《あお》っているんだ。諫《いさ》めようとした者と争いになり、怪我人がでた。過激な者は、世間が無視できなくなるまで感染者を増やせといっている」

「『グリーンボマー』の狙いと同じだ」

「バイオテロが近いという噂も流れている。非感染者がそれを知れば、我々に敵意を抱くだろう。『ヴァン・ヘルシング』のような奴らがより現われるかもしれん。そうなったら、深刻な事態だ」

「バイオテロなんか起こさせない」

「非感染者が感染者を恐れているうちはいいが、憎むようになったら、何が起こるかわからない。たとえ『グリーンボマー』の計画を防げたとしても、同じことを考える人間は必ず現われる。特効薬と効果の高いワクチンの開発を待つ以外、手はないのだ。そのために最も重要なウイルス学者が、『グリーンボマー』がおさえている杉野だ」

「何としても杉野は見つけだす」

「見つけだしたら、こちらに渡してほしい。刑務所に入れてしまったら、特効薬の開発に必要な知識が使えない」

「杉野は常先生を殺したのだろう。それが事実なら、刑は免れられない」

「刑務所内で研究をつづけさせることはできるか」

「俺は法務省の人間じゃないからわからない」

「だったらこちらに渡せ。そのための研究施設も準備している」

「杉野が協力を拒んだら？」

「説得する方法はある」

モリは冷たい口調でいった。

「悪いが約束はできない。感染者だが、俺は警察官でもあるんでね」

モリが息を吐くのが聞こえた。

「お前の存在が事態を複雑にしている、という者がこちら側にもいる」

「警察官はすべて感染者の敵だと考えたほうが楽なのだろう」

俺はいった。

「ひとりでできることには限界がある」

「わかっている。だから上司には、感染者の警察官をもっと増やせといっている。議論している時間はない。切るぞ」

モリが笑い声をたてた。俺は驚いた。

「何だよ」

「おもしろい男だ。おもしろい上に根性がある」

俺は答えず、電話を切った。

車を止めた俺は旧ナカノビルを検索した。墓地に面した細い路地に飲食店の入った建物が並ぶ一角にある。

午前二時を過ぎていた。さすがにレストランや料理店は明りが消えている。ついているのはバーやスナックのような飲み屋の看板ばかりだ。

その路地の中にあって、ひとつも看板がないのが、旧ナカノビルだった。

正面の入口にはシャッターが降りていて、見上げると、六階まであるすべての窓はまっ暗だ。一見すると空きビルとしか思えない。

隣のビルのスナックからカラオケの歌声が聞こえた。歌声は別のビルからも聞こえている。ふつうの人間なら聞こえない音量でも、俺の耳には届く。片方はからっ下手で、片方はまあまあのレベルだ。

旧ナカノビルは、左右が隣りあうビルに接していて、人が入りこむすきまはなかった。

俺は裏側に回った。そこも人通りの少ない路地だ。ぽつんと扉があった。

俺は扉に耳を押しつけた。周囲のビルから降ってくる歌声を意識から締めだし、扉の内側に集中する。

かすかに話し声が聞こえた。一階ではなく、下のほうからだ。

俺は扉を離れた。錆は浮いているが金属製で、蹴破るのは無理だ。近くに車をもってきて、中の者がでてくるまで張りこむことを考えた。

が、モリは内部の工事は終わった、といっていた。つまり遮光は完璧ということだ。中にいるのが感染者だとしても、ずっとたてこもっていられる。ひきかえ、俺は夜明け前には引きあげなければならない。

マコに電話した。

「起きてたか」

「そろそろ寝ようと思ってた」

「民間人の力が借りたい」

いって、俺は旧ナカノビルを見つけたいきさつを話した。

「待ってて。三十分でいく」

答え、マコは電話を切った。

言葉通り、三十分足らずでマコはやってきた。マスクをつけ、ケブラーの内張りつきのトレンチコートにジーンズをはいている。

「この扉?」

俺は頷いた。

「照らして」

いってマコは扉の前にしゃがんだ。俺は携帯で鍵穴を照らし、顔をそむけた。

「警察でもピッキングを教えたほうがいいのじゃない」

ピッキングケースをコートのポケットからとりだし、マコがいった。

「そうだな」

答えたものの、公安部に配属になったとき、俺も訓練を受けていた。だがいくらやってもコツをつかめず、簡単なシリンダー錠を開けるだけで一時間近くかかった。その際、支給された道具もどこかにいってしまった。

「え、本当はサキもできるのだけど、わたしに会いたくて呼びだした？」

いたずらっぽくマコは訊ねた。

「そうだといったら怒るか」

「怒るわけないじゃん。サキのこと、好きだし」

「よせよ」

「本当だよ。でも仕事のほうがもっと好き」

つまり邪魔になったらあっさり捨てる、というわけだ。

「はい、開いた」

錠が外れた。俺はニューナンブを抜いた。

「ようすを見てくる。ここで待っていてくれ」

「またドンパチ？」

「どうなるかわからないから、待ってろ」

俺は小声で答えて、ドアノブをつかんだ。ここから先は音をたてられない。中にいるのが感染者なら、俺と同じような聴力がある。

マコは無言で頷いた。

俺はビルに入り、そっと扉を閉めた。中は暗いが、非常口の位置を知らせるランプがついていた。それだけの光があれば、十分ようすが見てとれる。

左右に通路がのびていて、正面に階段があり、手前がエレベータホールだ。通路に面して、部屋がふたつあった。どちらもカーペットはしかれているが、家具の類はない。内装が入れば、すぐに店舗として使えるだろう。

人の気配はなく、まっすぐ進んで、エレベータの前にでた。「B1」のランプが点っていて、地下でエレベータは止まっている。

俺は汗でぬらつくニューナンブのグリップを握りなおした。シグに比べると細身で握りづらい。

エレベータホールの奥にある階段から下をのぞいた。

かすかな光が見えた。地下に人がいるとすれば感染者だろう。この光量では、非感染者は身動きがとれない。

足音をたてないよう細心の注意を払いながら、階段を降りた。

踊り場に達したところで、話し声が聞こえた。日本語だ。

「本当に払うんだろうな」

「払うといってます。払わなかったら、こっちも黙っていないと向こうはわかっていますよ」

「相手はテロリストだろう。ひらき直るかもしれないぞ」

「長谷川さんが黙ってませんよ。メンツが丸潰れじゃないですか」

長谷川の名がでてきたので、俺は足を止めた。

「長谷川はいっしょなのか」

「張りついてます。あいつらに任せきりだと先生も嫌がるんで」

「長谷川に惚れてるのか」

「かもしれないすね。長谷川さんはそっちには興味ないみたいですけど」

「長谷川も大変だな。つききりの上に、その気もない相手の機嫌をとらなきゃならん」

「自分がもってきた話ですからね。社長とのコネがなけりゃ、サンプルなんて集めようがなかったわけですから」

「弟にうつした奴を知りたいと、いきなりあいつが現われたときは驚いた。『トコヤミ』の噂を聞きつけてやってきたんだ。完全に俺を殺す気でいたからな」

「よく無事でしたね」

「危機一髪って奴だ。マシンガンみたいなのをもって、『トコヤミ』にいる奴を皆殺しにするつもりできたって。いろいろ話して、弟がうつったのはうちじゃないとわからせた」

「どこでうつったんです?」

「ネットのオフ会で知りあった奴にうつされたんだ。表にでないで、ゲームで稼いで暮らしていた感染者らしい。自分が感染者だってのを隠してた」

「ゲイだったんですか」

「いや。そのオフ会じたいが、メンバーの大半が感染者だった。インターネットカジノにつながった、ヤバいゲームにはまっている連中ばかりだったのを、知らずに参加していたんだ。なまじコンピュータに強くてゲームの腕もよかったものだから、深みにはまったのだろうな。まともなサラリーマンだったのが、感染したおかげですべてパーだ。会社もクビになり、女房にも捨てられた」

長谷川の弟の話だとわかった。

「でもそれがどうして、あいつらの計画にのっかる流れになったんです？」

「弟のことを調べているうちに、ＧＢが感染者と接触しようとしているのを知ったみたいだ。ＧＢは、バイオテロに成功したら礼をするとあいつに約束した」

「礼？」

「ＧＢのネットワークは世界中にある。それを金儲けに使わせてやるってんだ」

「だってテロリストでしょ」

「馬鹿。環境保護をうたっていりゃ、それこそハリウッドスターから各国の王族まで寄付金が集まってくる。日本だって、電力会社や石油会社が莫大な寄付をしてる。ＧＢへの寄付は、テロにあわないための免罪符なんだよ。もちろん、その一方でＧＢがバイオテロを狙っているなんて、そういう企業は知りゃしない」

「立派にワルじゃないですか」

二人は笑い声をたてた。俺は階段を降りた。ＧＢとはグリーンボマーのことにちがいない。

地下は、「トコヤミ」と同じような、広いバー空間だった。馬鹿でかいソファがおかれ、グラスを手にして二人の男が向かいあっている。シャンペンとウイスキーのボトルが何本も冷やされていた。

俺に気づくなり、ひとりが立ち上がった。三十代の男だ。もうひとりは、五十代の半ばだろう。三十代のほうはスーツを着ているが、五十代はジャージ姿だ。

「お前は何だ⁈　どこから入ってきた」

「『トコヤミ』が場所をかえて営業してるって聞いたんでね。見にきた」

「ふざけるな」

スーツの男が腰に手をやった。俺は背中に回していた右手を見せた。

「動くな」

向けられたニューナンブに、そいつは固まった。

俺はジャージ姿の男を見た。頬が削げ、カマキリを思わせる顔つきで、髪を短く刈りあげている。

「李錫竜だな」

男は表情をかえずに俺を見返した。

「俺を殺しにきたのか」

もう一派の「無常鬼」の殺し屋だと思ったようだ。

「あんたの日じゃない」

のっかることにして、俺は答えた。李の目がもうひとりの男を見た。男の顔がひきつった。

「俺か⁉　なんで俺が――」

「あんたでもない。杉野一郎の居場所を教えろ。そうすりゃ黙って引きあげる」

「先生の――」

男はいって李を見た。

「先生を殺すのか」

李が訊ねた。

「殺したら特攻薬が作れなくなる」

「何？」

李が首を傾げた。

「杉野一郎は、世界で最もヴァンパイアウイルスに詳しい学者だ。特効薬を作るには杉野の知識が必要だ」

俺はいった。背中を汗が伝わった。二人とも銃をもっている。下手を打てばすぐ撃ち合いになる。

「特効薬なんてものが本当に作れると思っているのか。世界中の製薬会社が何年かかっても作れないのに」

李は嘲るように答えた。

「ワクチンはドイツでできた。特効薬もいずれできる」

李は背中をのばした。

「特効薬ができたところで、俺は使わない。感染者でいたほうが何かと便利だ。なあ、お前もそう思うだろう?」

スーツの男に問いかけた。

「いや、俺は、その……」

男はしどろもどろになった。

「しっかりしろ。俺たちは進化した人間なんだ。杉野先生がいったことを忘れたか。特効薬ができたところで、元に戻る気はない」

「あんたはそれでいいだろう。だがウイルスに感染したために職を失ったり、差別をうけている人間もいる。そういう人間には特効薬が必要だ」

俺はいった。李はあきれたように首をふった。

「甘い野郎だな。たとえ治ったところで、世の中は元感染者だと差別するに決まっているだろう。後戻りはできないんだ。これからは感染者か、感染者じゃないかの二択で人生が決まる。勝ちたかったら、こっち側だ」

「感染が進化なら、なぜ杉野は自分にウイルスを打たない?」

「学者として動くにはいろいろと面倒だからだろう。バイオテロが起きれば、自分もいずれ感染する。そういってた」

「甘いのはあんたじゃないのか。そこまで杉野を信じていいのか」

李はくっくと笑った。

「まあ、正直信じちゃいない。だがテロが起これば金儲けができる。感染者を相手の商売は大繁盛だ」

「それだけじゃないだろう。バイオテロに成功すれば、『グリーンボマー』が謝礼を払うのじゃないか?」

俺は訊ねた。李は答えなかった。俺はスーツの男を見た。

「払うといってます、とさっき話していたな。いくらだ?」

男は目を泳がせた。

「あんたの日にしてもいいんだぜ」

俺は銃口を男に向けた。男は両手をつきだした。

「二億だ」

李がいった。

「情報協力費として前金を一億もらった。バイオテロが起きたら、もう一億」

だから木更津のことを「グリーンボマー」が知ったのだ。

「杉野はどこにいる?」

「教えたとたん、俺らを撃つのか」

「そんな手間はかけない。仲間うちで殺し合ってどうする」

俺は答えた。李は目を細めた。

「お前、本当は殺し屋じゃないな」

「だったら何だというんだ」

「デコスケだ。トオルから聞いたぞ。感染者のデカがひとりだけいるって」

「それがどうした?　トオルがどうなったか知ってるだろう」

「お前が殺ったのか」

「目の敵にされてた。ただのデカでも許せないのに、感染者のデカはもっと許せない、とな」

「だから殺したのか。やりたい放題だな」

「警視庁に俺ひとりなんでね」

とんでもないワルにされた。が、今はそれでいく他ない。

「お前、あいつらに買収されたな」

スーツの男がいった。あいつらというのは、もう一派の「無常鬼」をさしているのだろう。

「あんたらを殺してここをでていっても、警視庁は動かない。感染者のギャングが二人減って大喜びだ」

李が俺の目を見た。

「本当はパクリにきたのじゃないのか」

「表向きあんたは『トコヨ』『トコヤミ』にかかわってない。令状《フダ》がとれない」

その目を見返し、俺は答えた。俺と李はにらみあった。やがて李が訊ねた。

「お前の名前は？」

隠してもすぐにバレるだろう。

「岬田だ」

李は目を閉じた。考えていた。やがて目を開け、いった。

「杉野は長野にいる。イスラエルの製薬会社に買収された日本の製薬会社が使わなくなった研究施設だ。ＧＢが用意した」

場所を聞き、俺はウイスキーを示した。

「そいつが空くまで、二人で飲め」

「何だと?」

李が顔をしかめた。

「あんたらを殺さずにここをでていくための保険だ」

意味がわかったのか、スーツの男がボトルの一本に手をのばした。新品の封を切り、口にあてがった。

李が俺をにらみ、もう一本を手にした。

こいつらがどれだけ酒に強いかは知らないが、ウイスキーのボトル一本を一気飲みしたあと、銃の狙いをつけるのは難しい筈だ。

「覚えておけ」

飲んでいる途中で李がいった。

「覚えておくのはあんただ。殺せたのに、俺はあんたを殺さなかった」

李はまばたきした。言葉の意味がどこまで伝わったか、疑問だった。

20

地上に戻った。マコが訊ねた。

「誰もいなかったの？　静かだったけど」

「いや、李がいて、杉野がどこにいるかを訊きだせた」

マコは目をみひらいた。

「どこ？」

「教えるが、頼みがある。車の運転はできるか？」

「日本じゃペーパードライバーだけど」

「長野までいきたい。たぶん途中で夜が明けるから、そのときは交代してほしい」

「今からいくの?!」

俺は頷いた。階段を上る途中で決めたことだった。課長に連絡すれば、杉野の身柄は長野県警がおさえることになる。だがそうなれば、杉野は拘束され、特効薬の開発には携われない。俺自身で杉野を確保してモリに渡す。

懲戒免職になるかもしれない。が、感染者全体のことを考えるなら、そうなっても杉野の身柄をモリに預けるべきだと思ったのだ。

「ただその前に準備がある。一度、俺の家に寄ってから長野に向かう」

俺はいった。マコはとまどったような表情になった。

「それって、あなたとわたしだけで杉野をつかまえるってこと？」

俺は頷いた。

「杉野を『無常鬼』の隠健派に渡す。ヴァンパイアウイルスの特効薬を作るためには杉野が必要だ」

「警察をクビになってもいいの？」

「そのときはそのときだ。感染者は特効薬の完成を待ちわびている」

だが薬ができても感染者のままでいようとする、李のような奴もいるだろう。犯罪者にとって、感染は確かにある種の進化だ。

「あなたがクビになったら、感染者の警察官がいなくなる」

マコは真剣な表情になった。

「クビになると決まったわけじゃないし、もしそうなったら私立探偵でも始めるさ」

マコは苦笑した。

「本当、おかしな人ね。マジメなんだかふざけているのか。いいわ、つきあう。でもその前に、わたしにも準備させて」

時計をのぞき、いった。

「午前四時に、六本木の交差点で拾って。日が昇るにはまだ間があるでしょう？」

俺は頷いた。

「じゃあ、あとで」

いうなり、マコは表通りに向け駆けだしていった。

俺は覆面パトカーで自宅に戻った。四時に六本木をでたとしても、長野に入るのは六時過ぎで、研究所には夜が明けてからつくことになる。つまり太陽の下を動き回る羽目になるのだ。そのための準備が必要だ。

長野県の、研究所がある地方の天気を調べた。雪を期待したが、晴れとなっている。今年は暖冬で、スキー場にも雪がないらしい。

準備を整えると、俺は課長あてのメールを作った。長野で俺が殺されたり、杉野を確保できなかったときのための保険だ。研究所の位置と、武装した長谷川が杉野といる可能性を知らせる内容で、正午に課長あてに発信されるよう、タイマーを設定する。

二十四時間営業のスタンドで覆面パトカーにガソリンを入れ、六本木に向かった。

四時より少し前だったが、マコは交差点にいた。

寒そうに、コートの前で腕を組んでいる。その姿に愛おしさがこみあげた。マコのおかげで、ようやく明林の影から抜けだせた。

「待たせたか」

「ナンパしてくる酔っぱらいがウザかった」

俺はカーナビゲーションに研究施設の住所をセットした。関越自動車道から上信越自動車道に入り、信州中野インターで降り、一般道を志賀高原方面に進んだ途中にある。カーナビゲーションの到着予想時刻は、午前七時ちょうど。夜は明けている。

「いくぜ」

霞が関インターから首都高速都心環状線に乗り五号池袋線から外環道を経て、関越自動車道に入った。早朝の下り線は空いていて、俺は快調に覆面パトカーを飛ばした。が、藤岡ジャンクションを経て上信越自動車道に入ったあたりで体力の限界がきた。三晩徹夜はさすがにきつい。

「駄目だ、かわってくれ」

いって俺は甘楽《かんら》パーキングエリアに入った。

「まだ暗いじゃない」

「運転中に明るくなったらヤバい。サングラスをかけていても、あたりがまっ白になって何も見えなくなる」

「マジで？」

「本当だ」

「わかった」

「ついでにうしろで少し眠る。三日、寝てないんだ」

「いいわよ。ただし寝ているあいだに事故であの世にいったらごめんね」

「マコの運転ならあきらめるさ」

マコは鼻を鳴らした。

「わたしのこと好きなの？」

「大好きだ」

気持をこめていった。マコの顔がこわばった。無言で目をそらした。

俺もそれ以上は話さず、後部席に移った。

目出し帽をかぶりサングラスより濃い遮光ゴーグルをつけた上で、毛布をかぶった。手にも手袋をはめる。以前、手の甲くらいは大丈夫だろうと思ってだしていたら、ひどい水ぶくれができた。

ルームミラーごしにマコと目が合った。

「宇宙人みたい」

「宇宙人は寝る」

いって、俺は目を閉じた。

目が覚めると、覆面パトカーは一般道を走っていた。外はすでに明るく、あわてて俺は毛布をひっかぶった。毛布の中で腕時計をのぞいた。午前六時四十分だった。ミネラルウォーターをひと口飲むと、マコが気づいた。

「起きたの？」

「今、どのあたりだ？」

「少し前に信州中野インターを降りたところ」

だとすれば順調に進んでいる。外を見たかったが我慢した。研究施設についたら、嫌でも車を降りなければならない。

「カーナビの到着予想時刻は七時十分。途中、高速の集中工事があって少し渋滞してたの」

まるで気づかなかった。

「着いたら教えてくれ」

「いいわ。前で止まらないほうがいいでしょ」

「そうだな。いったん通り過ぎて、少し離れたところで止まってくれ」

「了解」

俺は再び目を閉じた。マコに起こされるまで、また眠ってしまった。

「着いた」

覚悟を決め、毛布をはねのけた。とたんに視界がホワイトアウトした。遮光ゴーグルを通しても冬の日ざしが目に刺さってくる。

「くそ」

目を閉じ、待った。時間をかければ目を開けられる筈だ。

何回か、目を開けては閉じをくり返すうちに、世界が見えてきた。

覆面パトカーは坂の途中に止まっていた。かなりの勾配があり、山道だとわかる。山林を抜ける一本道で、あたりに建物はない。

「目的地周辺っていわれてから、少し走った。ずっと一本道だったから、止めていると目立つ」

マコがいった。頷き、俺は車を降りた。東京よりはるかに冷たく澄んだ空気に包まれた。深呼吸した。かすみがかかったようだった頭が少しすっきりした。

次の瞬間、全身が熱くなった。もちろん気温のせいじゃない。洋服におおわれていても皮膚が紫外線を感じ、反応しているのだ。

ただ天候はまだ薄曇りで、そんなに強烈な光がふり注いでいるわけじゃなかった。この空模様なら、一、二時間屋外にいたとしても大丈夫だろう。ただ屋内にいるよりも体力を消耗する。

俺は車をのぞいた。

「どこかでUターンして、戻ってくれ」

「そういうの苦手」

マコがいって、運転席を降りた。俺は運転席にすわった。

「何笑ってるのよ」

マコがにらんだ。

「マコにも苦手があるんだ」

「うるさい」

俺は山道を上り、ひらけた場所で車をUターンさせた。対向車も、あとからくる車も一台もいない。

山道を百メートルほど下ると、分かれ道があった。カーナビゲーションによれば、分かれ道を二十メートルほどいった先に研究施設があるようだ。看板の類は何もない。

確かにここで止まっているのは不自然だ。特に研究施設の関係者が見れば不審に思うだろう。

俺は分かれ道にハンドルを切った。

「乗りつけるの？」

「ようすを見たい」

分かれ道もきれいに舗装されていて、道幅もある。進みだしてすぐ、建物が見えた。俺はブレーキを踏んだ。

白い円筒形の建物だ。二階だてで直径は二十メートルくらいある。分かれ道のつきあたりにたっていて、手前にゲートがあった。

「私有地　立入禁止」の看板が掲げられ、その下の「〇〇製薬」の部分がペンキで塗り潰されている。

円筒形の建物の周囲にはひと回り小さな倉庫のような建物がいくつかあった。人影はまったくない。周囲は山林だ。

俺は分かれ道までバックで戻った。山道を上り、Uターンした場所に覆面パトカーを止めた。

「歩こう」

「大丈夫なの？」

「たぶんな」

感染してすぐの頃、何回か、太陽光の下で動こうとしたことがある。最初はただの長袖、マスク、サングラスで、露出していた部分がたいへんなことになった。次は完全防護で臨んだ。炎症は起きなかったが、ほんの数時間でへとへとになった。

車を降り、急ぎ足で分かれ道まで戻った。

「本当に大丈夫？　ぜえぜえいってる」

マコの言葉に無言で頷いた。喋るのもつらい。太陽くそったれだ。あんたのおかげでこの地球に生命は誕生したのだろうが、今の俺には邪魔者でしかない。

分かれ道に入ると左右に迫った森の陰になり、ひと息つけた。

ゲートは鎖と木製の遮断機の二重だった。車は侵入できないが、人間はくぐり抜けられる。だが支柱に防犯カメラがとりつけられているのが見えた。

「待って」

マコがいって、背負っていたリュックをおろした。中から小さなフラッシュライトのような装置をとりだし、防犯カメラに向ける。

スイッチらしきボタンを押すと、赤いランプが点灯し、やがて緑にかわった。

「オッケイ」

「何だそれ」

「カメラの妨害装置。映像が乱れるの。二、三分で戻るけど」

「国家権力の敵だな」

俺たちはゲートをくぐった。手前にある倉庫のような建物の陰に入り、ようすをうかがう。あいかわらず人の気配はなく、物音もまったくしない。倉庫だと思った建物のいくつかはガレージで、ＳＵＶや乗用車が止まっていた。敷地の隅には小型のブルドーザもある。何に使うのか考え、雪が降ったときのためのものだと気づいた。今年は出番がないようだ。

マコがリュックからパソコンをだし、膝にのせた。

「何してる？」

「この施設の見取り図がないか捜してる。元のもち主だった製薬会社のホームページにあるかもしれない」

「あっても、削除されてるだろう」

「そのほうが入りやすい」

ハッキングをしているようだ。

「時間がかかるのか？」

「まさか」

本当にあっという間だった。画面に見取り図が表示された。一階が研究施設で二階が生活スペースになっている。

「何年か前のものだけど、このまま使っているとしたら、まだ皆、二階にいるのじゃない？」

「寝坊だな」

「研究者ってだいたい夜型じゃないの。本当はどうか知らないけれど」

俺は首をふり、ガレージに止まった車を見つめた。ナンバーは長野、大宮、品川だ。品川ナンバーはメルセデスのゲレンデヴァーゲンで、何となく長谷川の車じゃないかという気がした。携帯でナンバーを写し、ＡＩに照会した。すぐに返事がきた。ゲレンデヴァーゲンは「隆音物産」の所有になっている。その他の車はすべて個人のものだが、杉野の名義はない。

「車の台数から考えると、多くて七、八人しか中にはいないな」

俺はいった。

「研究者と、その世話をする人間と考えたら、そんなところね」

「世話をしているのは『グリーンボマー』だろう」

「『無常鬼』もいるでしょ」

「ボディガードくらいはいるかもしれないが、人数は少ないだろうな」

「ここの存在を知られなければボディガードは必要ない。無闇に人をおけば、かえって情報が洩れる危険が増す」

その通りだ。あっという間に研究施設の見取り図を見つけた手際といい、マコは腕の立つ工作員だった。本人はフリーだといっていたが、ちがったら厄介なことになる。

「それでどうするの？」

「正面からいく」

俺はいって、施設の玄関を見すえた。雪から守るための庇《ひさし》の内側に、金属製の扉があり、カメラ付きのインターホンが設置されていた。

「その格好で?」

俺は目出し帽とゴーグルをむしりとった。とたんに目の前が白くなり、顔面を炙《あぶ》られたような激痛が襲った。俺は思わず声を上げ、両手で顔をおおった。

マコがマフラーを外し、俺の顔に巻きつけた。俺はほっと息を吐いた。マコの香りが痛みを薄れさせる。

「無理ね。わたしが交渉する。あなたはうしろにいて」

マコはいって、正面玄関に進んだ。俺はマフラーに顔をうずめ、ゴーグルをかけた。むきだしの額が痛い。

マコがインターホンのボタンを押した。すぐには返事がなかった。何度かインターホンのボタンを押すと、ようやく、

「はい」

とぶっきらぼうな男の声が答えた。

「WHO、世界保健機関の者です」

マコがいった。

「誰だって?」

「WHO、世界保健機関です」

マコは答え、身分証のようなものをインターホンのカメラにかざした。

「ＷＨＯの、神戸にある健康開発総合研究センターの、災害危機管理部から参りました。調査官の松尾と申します。こちらに、杉野一郎さんがいらっしゃるとお聞きして、お話をうかがいに参りました」

インターホンは沈黙した。やがて男の声がいった。

「ここは個人が所有する施設です。杉野という人はいません。お帰り下さい」

「こちらでヴァンパイアウイルスの研究がおこなわれているという情報が、ＷＨＯに入っています。もしわたしの訪問を拒否されるなら、厚生労働省などしかるべき行政機関に連絡し、立入検査を実行します。よろしいですか」

インターホンは再び沈黙した。

不意に金属扉が開いた。眼鏡をかけ、セーターの上に白衣を羽織った男が立った。三十代で、感染者じゃない。

「何ですか、ヴァンパイアウイルスって。不当ないいがかりです」

「もしそうなら、警察を呼ばれてはどうですか」

マコは平然といい返した。男は俺を見た。

「この人は何です？」

「情報提供者の方です。ヴァンパイアウイルスの感染者から集めた血液サンプルが、こちらの施設にあるとの報告をうけています」

「そんな馬鹿な」

「ちがうとおっしゃるなら、こちらの内部を拝見させてください。ウイルス研究がおこなわれていないとの確証が得られればひきあげます。こんな朝早くにうかがったのも、今日中に神戸に戻りたいからです」

男の目が泳いだ。そのとき、

「どうぞお入り下さい」

男の背後に立った別の男がいった。ブランドもののスポーツウエアを着けている。長谷川だった。

「私はこの施設の管理を任されている、長谷川と申します。WHOの松尾さんとおっしゃいましたか」

マコは頷いた。

「WHO神戸センター、災害危機管理部の松尾です。突然、それもこんな早くにお邪魔して申しわけありません」

「誰かを捜して、ここにおみえになったのですか」

「ウイルス学者の杉野一郎さんです」

「まあ、お入り下さい。外は寒い」

俺とマコは施設に入った。中は薄暗く、ガラス壁で仕切られた通路がのびている。入ったとたん、鼓膜が反応し、気圧が低いことに気づいた。ウイルスの洩れを防ぐために、施設全体の気圧を下げているのだ。

最初の男が扉を閉めた。俺はゴーグルを外した。

「ここはどういう場所なのか、ご説明します」

長谷川が通路を先に立って歩きながらいった。俺とマコのうしろから最初の男がついてくる。

「もともとここは製薬会社の新薬研究所でした。その製薬会社は、今は存在しません。イスラエルの企業に吸収されたのです。私は不要になったこの施設を譲りうけ、サプリメントの開発をおこなっています。発酵食品を原料とするサプリメントです。今、製品をお目にかけます。どうぞこちらでお待ち下さい」

通路を折れ、ソファなどが配されたスペースに案内された。

最初の男が残り、長谷川は姿を消した。マコが残った男に訊ねた。

「こちらの研究所には住みこみの方がいらっしゃるのですか」

男は横を向いた。

「そういう質問には答えられない」

マコはリュックをおろした。目の前のテーブルにおく。

「サプリメントの開発をおこなっているにしては、ずいぶん警戒が厳重ですね」

「産業スパイがいるんだ。苦労して商品化しても、真似た製品がすぐに売りだされる」

「建物内の気圧を下げているのも、産業スパイを警戒しているからですか」

俺は訊ねた。男は首をふった。

「何の話だ？」

マコも俺を見た。

「気づかなかったか。この建物の内部は、外より気圧が低めに設定されている。ウイルスを外にださないための処置だ」

マコは男に目を戻した。

「何をいっているのか、まるでわからない」

「白衣を着ているが、あんたも研究者じゃないのか」

俺は訊ねた。

「答える必要はない」

男はむっとしたように俺をにらんだ。

「何を怒っている？」

俺はにらみ返した。

「怒ってなどいない。ただあんたたちがいきなりきたから、とまどっているだけだ。ここのことを誰から聞いた？」

「感染者の友人だ。見ての通り、俺はヴァンパイアウイルスの感染者でね」

「何という友人だ？」

「感染者に知り合いがいるのか？　珍しいな。非感染者はあまりつきあいたがらないのに」

俺は訊き返した。男は目をそらした。

「感染者だからと不当な差別はしない主義だ」

「立派だな。そういう人間がもっと増えてくれるといいのだが」

俺はいった。

「じきに増えます」

声がした。長谷川だった。背後に二人の男をしたがえていた。二人は、トオルが使ったのと同じでかいリボルバーを手にしている。白衣の男が三人の背後に回った。

「たった今、WHOに問い合わせたところ、松尾という調査員はいない、という返事がありました」

長谷川はマコに告げた。マコは動じるようすもなく、

「こんな朝早く、人がいました？」

と訊き返した。

「神戸ではなく、ワシントンDCの支部に問いあわせたのです。ジュネーブの本部は真夜中なので」

長谷川は答えた。

「ワシントンの支部で、日本の調査員のことがわかるのか？」

俺は訊ねた。長谷川は頷いた。

「頼めばキィボードを叩くくらいのことはしてくれますよ。本当は何者なんです？」

「警視庁組対部の者だ。あんたのうしろにいる二人は、物騒なものをもっているようだが」

「今度は刑事ときたか」

俺は身分証を呈示した。のぞきこみ、

「どうやら本物のようですな。しかし警察官がWHOの調査員を詐称する人物と行動を共にしているというのは、いかがなものかな」

長谷川はいった。

「捜査協力の一環だと思って下さい。わたしは中国公安部の委託をうけた調査員です」

マコがいって、リュックに手を入れた。

「中国政府からの委任状をお見せします」

俺は思わずマコを見た。まるでドラえもんのポケットのようなリュックだ。

「その必要はない」

長谷川が背後の二人をふりかえった。二人は銃をかまえ、進みでた。

「あんたたちを拘束させてもらう」

「そんな真似をしたら機動隊が押しよせてくるぞ」

俺はいった。長谷川は動じなかった。

「我々が撤収するまでの一、二時間が稼げればいい」

「つまり生かしておくつもりはない、ということか」

「あんたからは血液のサンプルをもらう」

通路に現われた新たな男がいった。マスクをつけ、ねぐせのついたボサボサの髪に、腫れぼったい目をしている。マコの携帯の画面で見た、杉野一郎だった。

「杉野」

俺は思わず腰を浮かした。

「動くな!」

リボルバーをかまえた男のひとりが叫んだ。

そのとき、マコのリュックの中で破裂音がした。リュックの底を射抜いた弾丸が男の腹に命中し、男はうずくまった。さらにマコが撃ち、弾丸が床で跳ねた。俺はニューナンブを抜いた。

「捨てろ！」

もうひとりのリボルバーをもった男に向けた。長谷川と杉野、白衣の男が身をひるがえした。

男が発砲し、俺の背後のガラス壁が砕け散った。

俺はそいつの右肩を狙って撃った。慣れないニューナンブのダブルアクションで、銃口が左にそれ、左肩に命中する。

マコがリュックから右手を抜いた。マカロフを握っていた。リュックの中で連射したせいで排莢《はいきょう》不良を起こし、薬莢《やっきょう》が煙突のようにつき立っている。

こともなげにスライドを引き、装塡しなおした。リュックを肩にかつぐ。

俺は倒れた二人の男からリボルバーを奪った。マコが通路の奥へと進んだ。

「待てよ！」

俺はマコを追いかけた。いきなり建物の中がまっ暗になった。

「マコっ」

通路の奥が銃声とともに一瞬明るくなり、銃弾が飛んできた。うずくまっているマコが見えた。俺は通路の先に一発撃つと、マコの体を抱えた。

「大丈夫か」

「邪魔しないで」

マコが俺を押しのけた。

「何も見えないくせに――」

いいかけ、言葉を呑んだ。マコの顔に片目をおおうマスクがかぶさっていた。暗視スコープだ。

「杉野を確保する」

マコは険しい口調でいった。

「確保してどうするんだ」

「中国国家安全部に渡す。そういう契約よ」

「『無常鬼』じゃなく？」

「『無常鬼』よりよほど整った施設がある」

奥から再び銃弾が飛んできた。見覚えのある顔が見えた。錦糸町の「ケサン」で会った感染者のベトナム人だ。

「警察だ！　抵抗するかっ」

俺は叫んだ。ベトナム人がカーブした通路の先にさっと姿を消した。

「議論はあと。杉野をつかまえましょ」

マコはいって、トレンチコートのポケットから乾電池のような筒をとりだした。

「これは効《き》くわよ。目をつぶってて」

閃光手榴弾《せんこうしゅりゅうだん》だった。こんなものが間近で破裂したら、感染者は半死半生になる。マコの指が安全ピンを弾くのを見た瞬間、俺は両耳を押さえ、目をきつく閉じた。

強烈な光と音が顔を打った。顔をそむけて光をやりすごしたマコがマカロフを手に通路を走った。

俺はあとを追った。体がフラつく。

通路の奥に、ベトナム人の男が倒れていた。顔を両手でおおい、身悶《みもだ》えしている。落ちている拳銃を俺は拾った。すでに二挺を腰にさしていて、ベルトがきつい。

正面に金属製の扉があった。ノブはなく、開閉ボタンが壁についている。

マコがボタンを叩くと、壁に体を張りつけた。扉が開き、銃をかまえた長谷川が見えた。

拳銃ではなく、サブマシンガンだ。俺は床に身を投げた。

連射音が耳をつんざいた。恐怖に体がすくむ。ほんの数秒で何十発という弾丸がバラまかれ、粉々になったガラスが俺の体に降りそそいだ。

サブマシンガンが沈黙した。顔を上げると、長谷川が新たなマガジンをさしこむ姿が見えた。

マコがマカロフを撃った。が、外した。扉の内側で何かが壊れる音がした。長谷川がしゃがんだ。そのすきに俺は体を起こした。

マコがまた撃った。だが弾丸はどこかに飛んでいった。どうやら射撃も得意ではないようだ。

長谷川が逃げた。俺は扉のかたわらにうずくまった。照明は消えているが、多くの機械が赤や緑のランプを点していて、中のようすは見てとれる。電子顕微鏡や液晶の画面、培養薬の並んだガラス製の棚などがある。

大型の冷蔵庫の陰に杉野がいた。もうひとりの白衣の男と抱きあうようにうずくまっている。

俺は杉野を指さした。暗視スコープをつけたマコが頷いた。

長谷川の姿が見えない。この部屋の奥にいる筈だ。

俺はしゃがんだまま、部屋の奥へと進んだ。

刺激臭のある薬品の匂いが鼻を突いた。床が濡れ、砕けたフラスコが散らばっている。

「サキ」

小声でマコが呼んだ。ふりかえると、ふたつめとなる閃光手榴弾を手にしていた。

俺は両耳を手でおおった。マコが部屋の奥に閃光手榴弾を投げこんだ。

目を閉じていても、体が一瞬浮くような衝撃を感じた。

目を開け、ステンレス製のテーブルが並んだ部屋の奥へと進んだ。部屋の広さは、百平方メートル以上あり、テーブルとテーブルのあいだをさまざまな機器や保管庫が埋めている。

ステンレス製の大きな棚が並んでいた。棚と棚のすきまは、人ひとりが通れるかどうかだ。

そこに近づくと、男がひとり飛びだしてきた。小型の消火器をまるでハンマーのようにふり回している。目を大きくみひらいているが、俺の姿は見えていない。

そいつはテーブルにぶつかり、呻き声をたてた。

俺は待った。一番奥におかれた棚の陰で人が動いた。長谷川だった。棚の先にある扉にとりついた。その頭上めがけ、俺はニューナンブを撃った。

「動くな！　そっちには見えなくても、こっちからはよく見える」

消火器の男が俺の声めがけてつっこんできた。

俺はかがんでやりすごし、そいつの膝の裏を蹴った。

男が転び、消火器がテーブルに当たって馬鹿でかい音をたてた。

長谷川がサブマシンガンを発射した。さまざまな器具が砕け、飛び散った。

「やめろ！　撃つなあっ」

杉野が叫んだ。

「ウイルスが、ウイルスが――」

俺はニューナンブのハンマーを親指で起こした。シングルアクションなら外さない。

かがんだまま長谷川の左膝を狙い、撃った。

ニューナンブの短銃身が吐きだした火焔《かえん》で一瞬目がくらんだが、長谷川が倒れこむのが見えた。

体を起こした。ニューナンブを長谷川に向けたまま歩みよった。

近づく俺の気配に、長谷川がサブマシンガンをかまえた。

「よせっ」

俺はいった。イスラエル製のウジだ。

長谷川はウジから手を離した。

「感染者には勝てないな」

くやしげにいった。俺はウジをとりあげた。

「明りを消したのがまちがいだ」

長谷川がとりついていた扉を示して訊ねた。

「あの扉は何だ？」

「研究所の裏口だ」

長谷川が答えると同時に、俺の体が押しのけられた。

「どいて」

マコだった。杉野の腕をつかみ、マカロフをつきつけている。

「どこにいく？」

「迎えがくるの」

暗視スコープを俺に向け、マコはいった。

「中国に連れていくつもりか」

「知らない。クライアントが決めることだから」

俺は首をふった。

「駄目だ。杉野は渡さない。薬を作るのに必要なだけじゃなく、殺人の疑いもある」

杉野が顔を上げた。

「殺人？」

「常先生を殺したろう」

杉野が目をみひらいた。

「あんた、誰だ」

「警視庁の岬田だ」

「岬田——」

つぶやいた杉野の表情が一変した。

「お前だ！　お前のせいで先生は僕を捨てたんだ！」

俺に向けとびかかろうとするのをマコが引き戻した。

「何をいってるの?!」

「先生は、先生は、感染者にやさしかった。中でも、岬田という刑事には親身になっていた。

僕が咎めると、そんな気持じゃないといっていたが、嘘だ。先生は、お前に惚れていた」

俺は思わず杉野を見た。

「何のことだ」

「先生はお前に真剣だった。お前は皆から必要とされるときがくる、と。お前に会わせてほしいと僕は先生にいった。先生を奪わないでくれと頼むつもりだった。だけど先生は駄目だ、と。お前に気づかれたくなかったんだ」

「俺はストレートだ。常先生のことは尊敬していたが、そんな気持はなかった」

「だから許せなかったんだ！　ストレートに惚れて、僕を捨てようとした」

杉野は顔をくしゃくしゃにした。

「それで殺したのか」

杉野は答えなかった。俺は愕然《がくぜん》とした。常先生が殺された理由は、俺だったのか。

考えてみれば、常先生は確かにやさしかった。医師と患者という関係を超えて俺を気づかってくれていたかもしれない。

が、明林に捨てられ感染させられた俺に、気づく余裕はなかった。

「何てことだ……」

俺はつぶやいた。しょっちゅう相談をもちかけていた俺が、一度も常先生の助手に会わなかった理由が今わかった。

「やっぱりわたしが連れていくほうがいいようね」

マコがいった。

「それは駄目だ」

止めようとした俺を無視して、マコは扉を開いた。外の光が一気にさしこみ、視界がまっ白になった。身動きがとれない。

「マコ！」

一瞬で扉は閉まり、俺は視力をとり戻した。追いかけたかったが、外では何もできないだろう。

「くそっ」

俺は思いきり扉を蹴った。

長谷川をふりかえった。

「ウイルス兵器は完成していたのか」

「あと一歩というところまできていた。今日か明日にはできる、と杉野はいっていた」

だから撃つなと叫んだのか。俺はほっと息を吐いた。どうやらバイオテロは防げそうだ。

携帯をとりだし、課長にかけた。


課長の指示で、警視庁の対テロ特殊部隊が到着するのを、俺はひとりで待った。確かに何も知らない長野県警の人間がやってきたら、散乱している容器から洩れているかもしれないウイルスに感染する危険がある。

俺やマコに撃たれた奴らも、そのまま待つ羽目になったが、死亡した者はいなかった。

何日もの事情聴取の後、俺は停職処分になったが、クビは免れた。その理由を、課長が説明した。

「警視庁としてはより厳しい処分を考えていた。が、警察庁から横槍が入った。今後も同様の事案が発生したら、君以外に対処できる捜査員はいない。特効薬ができたら、話は別だろうがな」

特効薬ができたという話はまだない。その後、杉野がどうなったのかも知らない。たぶん、まだまだ時間がかかるのだろう。

マコからはあれきり連絡がなかった。だが明林に裏切られたときのような怒りや絶望を、俺は感じていなかった。

なぜなのかはわかっている。マコは俺を利用したが、俺もマコを利用した。その点で俺たちはフィフティフィフティだった。

それに、またマコには会うような気がしていたのだ。

俺が、夜刑事《ヨルデカ》をつづける限り。

本作品は水鈴社とAmazonオーディブルのために書き下ろされました。

大沢在昌（おおさわ・ありまさ）

一九五六年愛知県生まれ。一九七九年、『感傷の街角』で小説推理新人賞を受賞し、作家デビュー。一九九一年『新宿鮫』で吉川英治文学新人賞と日本推理作家協会賞長編部門を受賞。一九九四年『無間人形　新宿鮫Ⅳ』で直木賞を受賞する。二〇〇四年『パンドラ・アイランド』で柴田錬三郎賞受賞。二〇一〇年、これまでの業績に対し、日本ミステリー文学大賞が授与される。二〇一二年『絆回廊　新宿鮫Ⅹ』にて、四度目の日本冒険小説協会大賞を受賞する。二〇一四年『海と月の迷路』で吉川英治文学賞受賞。二〇二二年紫綬褒章受章。著書多数。

夜《ヨル》刑事《デカ》

二〇二四年一〇月三〇日　第一刷発行

著　者　大沢《おおさわ》在昌《ありまさ》

編集・発行人　篠原一朗

発行所　株式会社　水鈴社
ホームページアドレス　https://www.suirinsha.co.jp/
電話　〇三・六四一三・一五六六（代）
この本に関するご意見・ご感想や、万一、印刷・製本などに製造上の不備がございましたら、お手数ですがinfo@suirinsha.co.jp までご連絡をお願いいたします。

発売所　株式会社　文藝春秋
〒一〇二・八〇〇八
東京都千代田区紀尾井町三・二十三
電話　〇三・三二六五・一二一一（代）
販売に関するお問い合わせは、文藝春秋営業部までお願いいたします。

印刷・製本所　萩原印刷

校　正　坂本文

定価はカバーに表示してあります。

ISBN978-4-16-401010-5